Bianca

Caitlin Crews

Sin rendición

Editado por HARLEQUIN IBÉRICA, S.A.
Núñez de Balboa, 56
28001 Madrid

SIN RENDICIÓN, N.º 2240 - 3.7.13
Título original: No More Sweet Surrender
Publicada originalmente por Mills & Boon®, Ltd., Londres.

I.S.B.N.: 978-84-687-3142-1
Depósito legal: M-13750-2013
Editor responsable: Luis Pugni
Fotomecánica: M.T. Color & Diseño, S.L. Las Rozas (Madrid)
Impresión en Black print CPI (Barcelona)
Fecha impresion para Argentina: 30.12.13
Distribuidor exclusivo para España: LOGISTA
Distribuidor para México: CODIPLYRSA
Distribuidores para Argentina: interior, BERTRAN, S.A.C. Vélez Sársfield, 1950. Cap. Fed./ Buenos Aires y Gran Buenos Aires, VACCARO SÁNCHEZ y Cía, S.A.

Capítulo 1

LA SOCIÓLOGA Miranda Sweet intentaba abrirse paso entre la gente en la entrada del centro de conferencias de la Universidad de Georgetown, donde acababa de dar un discurso sobre la violencia en los medios de comunicación, cuando alguien la agarró del brazo con inusitada violencia.

Y la cálida tarde de verano en Washington D.C. le pareció de repente fría y hostil.

El hombre la miraba con expresión beligerante, como si la odiase e, instantáneamente, volvió a ser una niña otra vez. Una niña asustada, escondida en una esquina mientras su padre gritaba y rompía cosas. Y, como la niña que había sido, Miranda se puso a temblar.

–¿Qué...? –empezó a decir, el temblor en su voz recordándole a esa niña impotente que había creído enterrada diez años atrás.

–Por una vez, tiene que escuchar en lugar de hablar –le espetó el extraño, con un fuerte acento ruso–. No vuelva a criticar las artes marciales, se lo advierto.

Por instinto, Miranda estuvo a punto de disculparse, cualquier cosa para evitar la ira de aquel hombre.

Pero, entonces, sintió que alguien la tomaba por la espalda con gesto posesivo, apartándola inexorablemente del hombre que la sujetaba, como un protector, como un amante. Se quedó sin aliento. Sabía que debería protestar, gritar, golpear al hombre con el bolso tal vez, pero algo la detenía.

Era una sensación incomprensible, como si estuviera a salvo a pesar de saber que no podía ser así. El extraño que sujetaba su brazo la soltó y ella parpadeó, sorprendida, al ver al hombre que había aparecido a su lado.

Un hombre que no era ni un protector ni un amante.

–Estás cometiendo un error –le dijo al extraño, con voz helada.

También él la había reconocido, pensó Miranda al ver un brillo en sus ojos negros. Y, a pesar de sí misma, sintió un eco de ese reconocimiento en la espina dorsal.

Había estudiado a aquel hombre, había mostrado sus películas y sus peleas en las clases que impartía. Había discutido lo que representaba en prensa y televisión, pero nunca lo había visto en persona.

Era Ivan Korovin, antiguo campeón de artes marciales, estrella de películas de acción en Hollywood, famoso por ser exactamente lo que era y todo lo que Miranda odiaba: agresivo, brutal y celebrado por ambas cosas. Un hombre alto, moreno e increíblemente guapo que representaba todo aquello contra lo que ella luchaba.

El agresor dijo algo que Miranda no entendió, pero no tenía que hablar ruso para saber que era un comentario cruel y malvado. Había oído ese tono en otras ocasiones y para ella fue como un puñetazo en el estómago.

Mientras tanto, sentía al famoso Ivan Korovin apretado contra su espalda, tenso y duro bajo el elegante traje de chaqueta.

–Ten cuidado, no insultes algo que me pertenece –le advirtió el extraño, con esa voz ronca, más excitante en persona que en el cine, haciendo que se le pusiera la piel de gallina.

Tanto que casi la hizo olvidar lo absurdo que era lo que había dicho.

¿Algo que le pertenecía?

–No quería propasarme, por supuesto –estaba diciendo el otro hombre, sus ojos pequeños clavados en Miranda–. No me interesa tenerte como enemigo.

La sonrisa de Ivan Korovin era como un arma, tan letal como sus puños.

–Entonces, no vuelvas a ponerle las manos encima, Guberev.

Cuando hablaba, el oscuro timbre de su voz resonaba en todo su cuerpo, haciendo que partes de ella a las que nunca prestaba atención pareciesen... despertar a la vida.

¿Qué le pasaba? Ella prefería el cerebro a la fuerza bruta. Siempre había sido así debido a la fuerte personalidad de su padre. Además, aquel hombre era Ivan Korovin.

Miranda era una cara conocida en los programas de sociología y charla política desde que publicó su tesis doctoral, que se convirtió en un libro sorprendentemente bien recibido, dos años antes. *Adoración al neandertal* se centraba en la adoración a los deportistas y los actores de películas de acción. Ella se consideraba la voz de la razón en un mundo trágicamente violento que adoraba a brutos como el famoso Ivan Korovin, campeón de artes marciales y protagonista de películas violentas durante los últimos años, desde que se retiró del circuito deportivo.

Sin embargo, se apoyó en su duro torso mientras escuchaba la falsa disculpa del otro hombre, pensando que se le iban a doblar las piernas.

La cámara no le hacía ningún favor, pensó. En la pantalla parecía duro y peligroso, una máquina de matar. Normalmente aparecía medio desnudo y lleno de tatuajes, cargándose a sus oponentes como si fueran de mantequilla.

Un neandertal, había pensado siempre. Y así lo había llamado en muchas ocasiones.

Y lo era, pero de cerca podía ver que resultaba sorprendentemente atractivo, aunque en su rostro llevaba las marcas de muchos años de peleas. La nariz parecía haber sido rota varias veces, pero la cicatriz en la frente no restaba atención a sus altos pómulos y el elegante traje de chaqueta que llevaba lo hacía parecer un ejecutivo. Y le sorprendió el brillo de inteligencia en sus ojos oscuros.

Unos ojos que estaban clavados en ella y que la hacían sentir como si estuviera cayendo a un abismo oscuro.

Miranda se olvidó del hombre que la había agarrado del brazo, se olvidó de los viejos recuerdos y de su propia cobardía. Se olvidó de todo. Incluso de sí misma, como si no hubiera nada en el mundo más que Ivan Korovin.

Y ella nunca se olvidaba de sí misma. Nunca perdía el control. Nunca.

–¿Qué le pertenece a usted? –le preguntó por fin, intentando recuperar el equilibrio cuando el tal Guberev desapareció–. ¿Se ha referido a mí como si fuera propiedad suya?

Ivan esbozó una sonrisa que aceleró aún más su corazón y se le ocurrió que era más peligroso de lo que había pensado... aunque la semana anterior le había llamado «cavernícola» en televisión.

–Soy un hombre muy posesivo –dijo él, su acento haciendo que la frase pareciese una caricia–. Es un defecto terrible.

Korovin miró a Guberev, que seguía observándolos a unos metros, y de repente tiró de ella, aplastándola contra su torso e inclinando la cabeza para buscar sus labios.

Miranda no tuvo tiempo para pensar. O de apartarse.

Sus labios eran carnales, traviesos e inteligentes, exigentes, duros.

La besaba como si tuviera derecho a hacerlo, como si ella le hubiera suplicado que lo hiciera. Y no se apartó. Ni siquiera dejó escapar un gemido de sorpresa. No quería hacerlo.

Sencillamente, dejó que aquel hombre que debía de odiarla como lo odiaba ella la besara. Se rindió ante aquel beso imposiblemente erótico...

Cuando por fin se apartó, sus ojos negros brillaban de tal forma que Miranda tuvo que agarrarse a su brazo, tan agitada que, por un momento, temió estar sufriendo un infarto.

Y, de inmediato, deseó que aquello no hubiera pasado. Y deseó no sentir lo que sentía.

Él murmuró una palabra que no entendió, pero que se extendió por su cuerpo como un incendio:

–*Milaya*.

No sabía lo que significaba, pero algo en su forma de decirlo, o tal vez el brillo de sus ojos, pareció pulsar un interruptor dentro de ella, despertando unos sentimientos desconocidos. Incluso podría jurar que había lucecitas a su alrededor...

Pero enseguida se dio cuenta de que no era su imaginación sino los destellos de las cámaras. Los paparazzi, que buscaban continuamente al taciturno Ivan Korovin, estaban grabando la escena para la posteridad. Una escena que saldría publicada en todas las revistas. Y habían conseguido una exclusiva aquel día, eso estaba claro.

El agresor había desaparecido, como si nunca hubiera estado allí. Miranda estaba a solas con Ivan Korovin y el efecto de aquel beso.

Y tuvo que enfrentarse con una desagradable verdad: la habían pillado con uno de sus rivales, el hombre que una vez la había despreciado llamándola «irritante maestrilla» en un famoso programa nocturno, ante el aplauso del público.

Besándolo, ni más ni menos.

En una conferencia internacional llena de políticos, académicos y delegados de quince países, todos tan opuestos a lo que Ivan Korovin representaba como ella misma.

Miranda estaba segura de que lo habían grabado todo. Las expresiones ávidas y encantadas del grupo de reporteros le decían que así era.

Y eso significaba, pensó, sintiendo que se le encogía el estómago, que su carrera podría irse al garete.

Si las miradas matasen, pensaba Ivan unos minutos después, la pelirroja profesora le habría sacado las tripas mientras los reporteros hacían su trabajo.

Aún no entendía por qué la había besado. Había sido una estupidez y tenía serias dificultades para justificarse ante sí mismo.

Su gente de seguridad abrió paso entre los reporteros y, una vez dentro del centro de conferencias, la llevó a un sitio apartado.

Ella no había vuelto a mirarlo, e Ivan imaginó que estaba tan sorprendida como él. Pero aquella arpía que lo criticaba sin cesar estaba en deuda con él. Le debía gratitud. Un hombre mejor que él no se sentiría tan satisfecho, pero Ivan nunca había pretendido ser lo que no era. ¿Para qué?

Pero, cuando levantó los ojos de color jade oscuro, que lo intrigaban más de lo que debería, mucho más de lo que le gustaría admitir, comprendió que no tenía la menor intención de darle las gracias.

Estaba furiosa con él y no le sorprendía. Pero él era un luchador, siempre lo sería, y era capaz de reconocer a alguien con temperamento. Un temperamento que le gustaría dominar y controlar.

Como querría dominarla y controlarla a ella.

Después de todo, pensó, se lo debía. Había estado haciéndole la vida imposible durante dos años. Lo había llamado de todo en televisión, intentando que la opinión pública se volviese contra él, anunciando que era un monstruo del que la sociedad debería librarse...

Ah, sí, se lo debía.

–¿Por qué me ha besado? –le preguntó ella entonces, su voz una mezcla de hielo y furia, como si estuviera regañando a un alumno que se portaba mal.

–¿Le ha sorprendido? Pensé que lo mejor era actuar con rapidez.

Miranda se irguió. Llevaba unos elegantes zapatos con tacón de al menos diez centímetros y parecía absolutamente cómoda con ellos mientras le decía sin palabras que no pensaba dejarse dominar por él.

Pero era demasiado tarde. Ivan sabía que bajo aquella seria fachada había fuego.

–Me ha besado –le dijo, con el rostro ardiendo.

Ivan se encontró fascinado por esa marca roja en sus mejillas. Los besos podían mentir, él lo sabía, pero ese rubor que hacía que sus ojos brillasen y la respiración agitada... no, eso no podía engañarlo.

–Sí, la he besado.

No debería encontrar fascinante a su oponente. Especialmente a aquella mujer que lo había juzgado tan injustamente y de manera pública. Aquella oponente en particular, cuyas pullas siempre parecían dar en la diana, convirtiéndole en un personaje de comic. No era esa la reputación que él quería cuando necesitaba usar su fama para poner en marcha una fundación. Y no debería cometer el fatal error de pensar que era una mujer atractiva.

–¿Cómo se atreve?

–Me atrevo a muchas cosas –replicó Ivan–. Como usted misma ha dicho en tantas entrevistas.

Miranda lo fulminó con la mirada e Ivan aprovechó la oportunidad para estudiarla de cerca. Sus facciones patricias lo excitaban contra su voluntad. Era alta y delgada, pero no había en ella nada frágil. Su pelo era largo, liso, de un rojo oscuro, cautivador e inusual, casi tanto como sus ojos verdes. El traje de chaqueta oscuro que llevaba era a la vez profesional y deliciosamente femenino, e Ivan se encontró reviviendo ese beso, los pechos aplastados contra su torso...

Hacía mucho tiempo que no deseaba tanto a una mujer.

–Dmitry Guberev es un hombre muy desagradable –empezó a decir, irritado consigo mismo–. Tuvo una corta y patética carrera como luchador en Kiev y ahora es una especie de promotor. Lo he convencido para que la dejase en paz de la única manera que él podía entender. Si quiere ofenderse por ello, yo no puedo evitarlo.

–¿Diciéndole que soy de su propiedad? –el énfasis helado que puso en esa pregunta hizo que Ivan deseara besarla de nuevo–. Qué medieval. ¿Le importaría explicarme por qué ha dicho eso?

–Guberev cree que es mi amante –respondió Ivan. Y, a pesar de que era una locura, le gustaba la idea.

–Yo no le he pedido que apareciese montado en su caballo blanco para salvarme –replicó Miranda.

Su voz era tan elegante como el collar de perlas que llevaba, caro, aristocrático. No estaba al alcance del niño pobre que había crecido en Nizhny Novgorod cuando aún se llamaba Gorki, una palabra rusa que significaba «amargo». Y así era precisamente como Ivan recordaba esos años. Tal vez por eso lo afectaba tanto aquella mujer. Hacía mucho tiempo que nadie se atrevía a insultarlo como lo hacía ella.

–No necesitaba su ayuda –siguió Miranda, ofendida, como si él no hubiera visto su miedo.

Pero no era responsabilidad suya, se dijo. Miranda Sweet se había convertido en su enemiga y debería recordar eso por encima de todo.

–Tal vez no –Ivan se encogió de hombros–. Pero conozco a Guberev y sé que es un hombre peligroso y violento. Si yo no hubiera intervenido, no sé qué habría sido capaz de hacer.

–Había mucha gente, no creo que...

–¿No le duele el brazo, doctora Sweet?

Ella pareció desconcertada por un momento, pero luego se pasó una mano por el brazo que Guberev había apretado. Y, al pensar que podría haberle dejado marcas, Ivan apretó los labios, furioso.

–Estoy bien –respondió por fin, dejando caer los brazos a los lados.

Quería engañarlo, pero Ivan se dio cuenta de que el encuentro la había asustado más de lo que quería dar a entender.

–Me alegro.

–Aunque agradezco que acudiese en mi ayuda, entenderá que no puedo perdonar el método que ha usado para hacerlo.

–Tal vez haya sido un poco extremo –reconoció él.

¿Por qué la había besado? Como tantos matones, Guberev era en realidad un cobarde y él lo sabía bien porque había peleado contra él muchas veces al principio de su carrera. Guberev solo se atrevía con los débiles y que él estuviera allí debería haber sido más que suficiente para que se apartase. ¿Por qué la había besado entonces?

–Pero ha sido efectivo, ¿no?

–¿Efectivo para quién? Puede que haya destrozado usted mi carrera, aunque imagino que ese era su objetivo. ¿Qué mejor manera de hundirme que besarme en público como si fuera su amante?

Como si él tuviera que jugar sucio. Él era Ivan Korovin, campeón de artes marciales y estrella de cine, y ninguna de esas cosas por accidente, a pesar de sus insinuaciones. Entrenaba durante muchas horas al día para ser el luchador que era, había aprendido su idioma y minimizado su acento ruso tres años después de salir de Rusia. Él no necesitaba jugar sucio, prefería ir directo al grano. De hecho, era famoso por ello.

–¿Es usted mi amante? –le preguntó, burlón–. Si lo fuera, lo recordaría.

–Vamos a dejar las cosas claras –dijo ella, con voz ligeramente temblorosa–. Yo le estudio a usted y sé que se ha pasado la vida ganando a sus oponentes, uno detrás de otro, sin admitir nunca la posibilidad de derrota.

Ivan se dijo a sí mismo que el color en sus mejillas era el resultado de las mismas imágenes que habían aparecido en su cerebro. No tenía nada que ver con que ella lo estudiase como si fuera un animal en el zoo. Pero esa boca suya, adictiva, esas largas y torneadas piernas...

Que la encontrase tan atractiva cuando sabía que podría destruirlo era absurdo. De hecho, la doctora Sweet había hecho todo lo posible por destruir su carrera, pero eso no impedía que se sintiera excitado. Le gustaría enredar los dedos en su pelo y oírla gritar su nombre, húmeda de deseo y suya...

Aquello era desesperante.

–Suelen decir de usted que es una fuerza de la naturaleza –siguió ella, levantando la barbilla como si esperase una discusión, como si pensara que estaba insultándolo–. No hay que tener mucha imaginación para concluir que vio una forma de hundirme y aprovechó la oportunidad.

–Su trabajo podría parecerme interesante, doctora Sweet –replicó él, mientras intentaba borrar de su mente esas imágenes sexuales– aunque no esté de acuerdo con sus ideas. Y puedo estar en desacuerdo sin planear estrategias para desacreditarla. Quería ayudarla, sencillamente. Hubiese ayudado a cualquiera en la misma situación. Siento mucho que lo haya encontrado ofensivo.

Ella lo estudió durante unos segundos con el ceño fruncido e Ivan tuvo la sensación de que estaba midiéndolo, buscando sus defectos. Otro recordatorio de su triste infancia y su desesperada búsqueda de fama y fortuna.

Inquieto, tuvo que hacer un esfuerzo para llevar oxígeno a sus pulmones y mantenerse calmado. Afortunadamente, sabía cómo hacerlo.

–La vida no es una película de acción, señor Korovin –dijo Miranda entonces, con su mejor tono de profesora, como si estuviera juzgándolo, aunque tenía los labios ligeramente enrojecidos por el beso–. No puede aparecer de repente, besar a una mujer sin permiso y esperar que le dé las gracias. Lo más lógico es que reciba una bofetada y una demanda judicial por acoso.

–Por supuesto –asintió él–. Gracias por recordarme que estoy en el país que plantea más demandas legales. La próxima vez que la vea delante de un camión, sea humano o mecánico, dejaré que la atropelle.

–No creo que volvamos a encontrarnos –replicó ella.

Se mostraba fría, pero Ivan sabía que no lo era. La recordaba apretada contra su pecho, ardiendo. Sabía que, tras esa fachada tan educada, tan seria, había un volcán.

–Yo no estaría tan seguro.

–Pero yo sí. Y ahora, si me perdona, tengo que solucionar este asunto. El mundo entero ha visto que un machito de Hollywood me besaba en plena calle...

–Sea sincera, doctora Sweet –la interrumpió Ivan–. Si se atreve.

Sus ojos se encontraron entonces y su mirada lo desconcertó por completo. Era como si despertase una parte de él que había creído enterrada mucho tiempo atrás. Lo miraba como si la hubiera ensuciado, como si fuera uno de los monstruos contra los que luchaba cada día en sus conferencias.

–Usted me ha devuelto el beso, *milaya moya* –le recordó, viendo la verdad en el rubor de sus mejillas, suya para usarla como quisiera.

Y ese era el problema. Que le gustaría hacerlo.

Ivan arqueó una ceja, retándola a negarlo. Retándola a mentir.

–Y le ha gustado, no lo niegue.

Capítulo 2

POR FIN», pensó Miranda, aliviada, al entrar en la habitación del hotel varias horas después. «Ya puedes dejar de fingir».

Suspirando, cerró la puerta y se apoyó en ella, dejándose caer al suelo y enterrando la cabeza entre las piernas.

Pensó en el miedo que había sentido cuando aquel extraño la tomó del brazo y luego en lo desconcertada, aunque inexplicablemente segura, que se había sentido cuando apareció Ivan Korovin. Pensó en el maldito beso y en su respuesta... y en lo que le había pasado cuando Ivan la tocó. Pensó en lo que eso significaba y lo inaceptable que era para ella. Sus ojos se llenaron de lágrimas, pero no derramó ni una sola. Aunque estaba a punto de hacerlo.

Contuvo el aliento durante unos segundos y luego, sencillamente, se quedó inmóvil. Tal vez las pesadillas no volverían en esta ocasión. Tal vez.

Siguió adelante durante el resto del día como si hubiera puesto el piloto automático. Grabó un segmento sobre matones en los colegios para una cadena de televisión y soportó una cena con su agente literario, que estaba en la ciudad para convencer a la esposa de un político de que publicase un libro contando su vida.

–La verdad –estaba diciendo Bob– es que necesitas publicar algo sexy después de *Adoración al neandertal*. Y nada de lo que has mencionado suena muy sexy.

Y esa era su manera de decir que habían rechazado la propuesta para su siguiente libro.

Mientras cenaba, fingiendo que no le importaba el rechazo, lo que realmente molestaba a Miranda era no ser capaz de regular su temperatura. O sentía frío o sentía calor, como si tuviera fiebre. Y no podía dejar de pensar en Ivan Korovin. En cómo la miraba, como si fuera un postre que estaba ansioso por devorar. Como si quisiera hacerle el amor allí mismo, en el hotel, por civilizado que intentase parecer.

¿Cómo podía un hombre hacerla sentir segura y sin control al mismo tiempo?

Por fin, lo peor de la tormenta pasó. Miranda apoyó la cabeza en la puerta y dejó escapar un largo suspiro mientras se quitaba los zapatos, deseando haber vuelto a Nueva York aquella misma noche. Había pensado levantarse temprano para ir a su oficina en el campus de la Universidad de Columbia, donde daba clases desde que consiguió el doctorado tres años antes, fortificada por la conferencia en Georgetown.

No había planeado aquel encuentro con el horrible Guberev y mucho menos con Ivan Korovin.

O sus devastadores labios.

Un baño caliente era la solución, se dijo a sí misma mientras intentaba librarse de sus fantasmas, viejos y nuevos, de todas esas pesadillas. Un baño caliente y una buena copa de vino.

Aquello no era más que la reacción a su encuentro con el desagradable Guberev, se decía. El encuentro había despertado recuerdos de su infancia, aunque no era algo en lo que quisiera pensar en ese momento.

Pero entonces recordó cómo la había besado Ivan Korovin. No era como ella esperaba, como había imaginado que sería. Lo que pasaba tanto tiempo diciéndole a la gente que era. Esa voz ronca, profunda como el chocolate, que parecía calentarla por dentro, esa mirada oscura que parecía ver demasiado. Cómo la abrazaba, como si fuera algo precioso que temiese romper, como si fuera suya. Y luego aquel beso...

Miranda se dejó caer en el sofá, que ocupaba casi toda la habitación, intentando no pensar en él. Recordó entonces que había apagado el móvil antes de la conferencia y lo sacó del bolso.

«Respira», se dijo a sí misma. Pero no parecía capaz de llevar oxígeno a sus pulmones, y lo único que podía ver era el brillo oscuro en los ojos de Ivan Korovin...

Cuando miró la pantalla del móvil y vio el número de llamadas perdidas se quedó sorprendida.

Cuarenta.

¿Cuarenta llamadas perdidas?

Su corazón empezó a latir con fuerza y, cuando sonó el teléfono de la habitación, dio un respingo. Solo entonces se dio cuenta de que la lucecita roja del contestador estaba encendida.

Nerviosa, levantó el auricular.

–¿Dígame?

–Doctora Sweet.

Era Ivan Korovin, como si lo hubiera conjurado al pensar en él. De nuevo, se puso colorada y se odió a sí misma por ello, pero habría reconocido esa voz en cualquier parte, el erótico acento ruso, ese tono de ordeno y mando. No se le ocurría una sola razón para que aquel hombre la llamase, pero sintió un calor desconocido en el vientre.

–No tenemos nada que hablar –le dijo, orgullosa de sí misma por mostrarse tan calmada cuando en realidad no lo estaba.

El número de llamadas perdidas y mensajes en su móvil seguía aumentando: cincuenta, sesenta, setenta y tres... ochenta...

¿Qué estaba pasando?

–Al contrario, tenemos muchas cosas que discutir –replicó él, con un tono que parecía exigir obediencia–. La espero en mi hotel.

–No sé por qué cree que voy a ir –dijo Miranda.

Si era sincera consigo misma, le gustaría volver a verlo, pero ella sabía dónde llevaba esa obediencia ciega. A ningún sitio al que una mujer inteligente quisiera ir. No sabía lo que le había pasado cuando la besó, pero siempre se había enorgullecido de ser una persona inteligente. Eso le había salvado la vida una vez y lo haría de nuevo. Al fin y al cabo, era su mejor arma.

Al otro lado del hilo hubo una pausa. Casi podía ver esa mirada oscura y fulminante deslizándose sobre ella y se desesperó al notar la reacción de su cuerpo, como preparándose para una posesión que no tenía intención de permitir.

–Veo que no ha comprobado sus mensajes.

El corazón de Miranda empezó a latir con violencia. Incluso miró alrededor, asustada, como si pensara que iba a verlo a su espalda.

Pero, por supuesto, estaba sola.

–¿Cómo sabe que no he escuchado los mensajes?

–Escuche un par de ellos –dijo él, de nuevo con ese tono autoritario–. Y luego le sugiero que se reúna conmigo.

–Estás jugando a un juego muy peligroso.

Ivan no tuvo que levantar la mirada del ordenador para identificar al hombre que hablaba en ruso desde la puerta. Conocía esa voz tan bien como la suya propia.

–¿Guberev? –preguntó mientras su hermano Nikolai se acercaba al escritorio.

–Ya está solucionado. No volverá a molestarte. Me lo ha prometido y ya sabes que yo me aseguro de que se cumple cualquier promesa.

Los dos miraron la pantalla del ordenador, sobre la mesa de café. Era la doctora Miranda Sweet en uno de esos programas de cotilleos en televisión, hablando, siempre hablando. De Ivan, su tema favorito.

–Ivan Korovin no es un hombre, es un mito –estaba diciendo, tan serena y compuesta que le gustaría meter la mano dentro de la pantalla para revolver su pelo. O contarle lo terrible que había sido su infancia, las cosas que había hecho y le habían hecho a él–. Nos decimos a nosotros mismos que la violencia con la que trata a las mujeres en sus películas es solo parte del personaje que interpreta, pero seguimos sus interminables conquistas entre las actrices de Hollywood como si también fuera parte del personaje...

Ivan pulsó el botón de pausa. A veces se preguntaba si tendría razón, si vería algo en él que él creía haber arrancado de sí mismo cuando era más joven. Si era un hombre brutal como ella decía, como el tío que lo había criado, un borracho violento. Aunque hubiera pasado toda su vida adulta intentando distanciarse de todo eso.

Sin duda, esa era la razón por la que había hecho un plan para destruirla. Por fin.

No le debía nada menos. Miranda Sweet no era solo su mayor enemiga, dispuesta siempre a hundirlo con sus charlas. No, la doctora Sweet hacía que se cuestionase quién era. Hacía que dudase de sí mismo y eso era imperdonable.

Y quería hacerla pagar por ello.

Ese beso podría haber sido un error, pero era como si el destino le hubiera puesto delante esa oportunidad.

–No te busques problemas –dijo Nikolai–. Estás demasiado fascinado por una mujer a quien solo tienes que seducir antes de descartar.

Ivan sabía que su hermano era un hombre duro. Sus años como soldado, las cosas que había hecho y lo que había perdido, todo eso lo hacía peligroso, impredecible y letal. Un hombre endurecido por la vida, aunque él seguía viendo solo a su hermano pequeño. Y su propio sentimiento de culpa.

Ivan se encogió de hombros.

–Esa fascinación hará más fácil que la seduzca.

–No se ganan todas las batallas, Vanya.

Nikolai usó el apelativo cariñoso con que solía llamarlo de pequeño, un apelativo que Ivan toleraba solo por parte de su familia. Y Nikolai era lo único que le quedaba.

–Tu confianza en mí es enternecedora –bromeó, intentando no pisar las minas de las que su hermano parecía rodeado. Casi podía verlas a su alrededor y experimentó el familiar sentimiento de culpa que lo perseguía desde hacía años.

–Mucha gente cree esa máscara de Hollywood, pero yo no. Yo te conozco y sé que esa mujer te afecta, por mucho que intentes disimular.

Ivan suspiró.

–¿Crees que me ganará una mujer como ella, Nikolai? ¿Tan bajo he caído?

–Eso no es lo que me preocupa –respondió su hermano–. No deberías querer lo que no puedes tener.

Nikolai se negaba a hablar de ello, de modo que Ivan no había vuelto a preguntar por la esposa que lo había dejado cinco años antes, llevándose con ella la poca felicidad que su hermano había encontrado después de varios años en las fuerzas especiales del ejército ruso. Nikolai se enorgullecía de ser una máquina, no un ser humano, alguien que no quería nada de los demás.

Y también por eso Ivan se culpaba a sí mismo.

En la pantalla del ordenador, la doctora Sweet estaba inmóvil, sus labios engañosamente suaves, sus delicadas manos paradas en el aire. Ivan sabía bien cómo hacerla pagar por las cosas que había dicho de él. Por los contratos que había perdido gracias a ella, por los millonarios que no creían en la fundación de un hombre conocido más como un bárbaro que como un filántropo. Gracias a ella.

Se decía a sí mismo que eso haría que la venganza fuese más dulce.

–Hay muchas formas de conseguir algo.

Nikolai emitió un bufido.

–Y muchas más de perderlo.

–No te preocupes por mí –dijo Ivan–. Sé lo que hago.

Pero temía estar mintiendo.

Ivan Korovin, naturalmente, se alojaba en la mejor suite del mejor hotel de Georgetown, lejos del ruido y el bullicio de la conferencia.

Miranda atravesó el vestíbulo para subir al ascensor privado que llevaba a la suite y, al ver la cámara de seguridad que, sin duda, estaría grabando cada uno de sus movimientos, intentó mostrarse serena. Cualquiera podría estar mirándola, incluso él. Pensar en la mirada oscura de Ivan Korovin clavada en ella hizo que se irguiese un poco más.

Las puertas del ascensor se abrieron en un vestíbulo privado con molduras y frescos en las paredes. Miranda salió del ascensor, los tacones de sus zapatos repiqueteando sobre el suelo de mármol, y se quedó helada cuando la puerta se cerró tras ella.

«¿Por qué estás aquí?», le preguntó una vocecita.

Y no tenía respuesta para esa pregunta.

Se dio la vuelta, como para llamar de nuevo al ascensor, pero en ese momento se abrió una puerta al otro lado del vestíbulo. Era demasiado tarde.

Un hombre de aspecto aterrador, con los ojos azules más fríos que había visto nunca, se acercó a ella. Miranda tuvo que tragar saliva, pero no dio un paso atrás ni mostró miedo alguno.

–Me llamo Miranda...

–Lo sé –la interrumpió el extraño, que también tenía acento ruso–. No la habríamos dejado subir en el ascensor privado si no fuera así.

La llevó a través de una suite enorme, mirándola con gesto de desaprobación mientras Miranda pensaba que no debería haber ido.

¿Qué podría querer de ella Ivan Korovin? Pero siguió al extraño hasta un saloncito con un ventanal desde el que podía ver toda la ciudad.

Ivan estaba allí, de espaldas a ella, más impresionante que la lujosa suite. El aterrador guardia de seguridad, o lo que fuera, cerró la puerta tras él, y Miranda tragó saliva de nuevo, tal vez porque sabía lo peligrosa que era la situación para ella.

Ya no era un ejercicio académico, sino algo turbadoramente personal. Sin embargo, como le había ocurrido antes, algo en ella se relajó al verlo.

«A salvo», le susurraba una vocecita. No podía entenderlo. Ivan Korovin era un hombre peligroso.

Llevaba un pantalón negro de sport y una camiseta gris oscura que marcaba sus fuertes bíceps y se pegaba a su torso de gladiador. Tenía un tatuaje en el brazo izquierdo que bajaba desde el bíceps y terminaba en la muñeca, el espeso pelo oscuro y mojado, como si acabara de salir de la ducha.

Incluso inmóvil, tenía un aspecto tan agresivo y poderosamente masculino como una potente arma letal y Miranda sentía su fuerza casi como si estuviera tocándola.

Tenía aspecto de guerrero y debería parecerle repelente, pero no era así, al contrario. ¿Por qué aquella amenaza de hombre le parecía seguro cuando claramente no lo era?

Él se volvió para mirarla, sus ojos, tan hipnotizadores como la noche, y Miranda sintió algo que la hizo fruncir el ceño, desconcertada. Él dio un paso adelante y le hizo un gesto para que se sentara en uno de los elegantes sofás. Se movía con seguridad, con tranquilidad, en contraste con su nerviosismo... era una pesadilla hecha realidad y no podía entender por qué su cuerpo no parecía saberlo.

Pero no aceptó la invitación para sentarse. Tal vez por instinto de supervivencia.

–¿Por qué necesita un guardaespaldas un hombre como usted? –le espetó.

Él arqueó una ceja.

–¿Por un hombre como yo quiere decir un hombre rico y famoso?

–No, un hombre peligroso –respondió ella–. ¿No debería ser capaz de cuidar de sí mismo?

–Los lunáticos tienen por costumbre usar armas –respondió él, con aparente resignación–. Y los puños son inadecuados a cierta distancia, pero agradezco su interés por mi seguridad, doctora Sweet.

A Miranda no le gustaba cómo pronunciaba su nombre. O, si era sincera del todo, no le gustaba que le gustase. Lo decía como si estuviera besándola...

Pero no estaba allí para hundirse más en aquel extraño abismo, no podía hacerlo. ¿Por qué tenía que pensar en su boca?

–Además, no es mi guardaespaldas, es mi hermano.

–¿Su hermano? –repitió Miranda. Pero se dio cuenta entonces de que había cierto parecido entre ellos.

–Nikolai actúa como mi guardaespaldas cuando le parece necesario –dijo Ivan–. ¿Quiere que le explique la peculiar dinámica de la familia Korovin? ¿Así se sentiría más cómoda? Parece a punto de desmayarse.

–Estoy bien –respondió ella–. Pero todo esto es un completo desastre y es culpa suya. Le dije que ese beso afectaría a mi carrera y tenía razón. Hemos salido en las noticias.

El beso había salido en televisión y en Internet. Miranda había recibido llamadas de todas las personas que conocía y de cientos que no conocía para decir que la habían visto en las noticias. Que habían visto cómo la besaba Ivan y su aparentemente entusiasta respuesta al beso.

«Soy un hombre muy posesivo», le había dicho, con esa voz oscura y ronca, mirándola como si fuera un plato delicioso y él un hombre hambriento. Ella misma había visto la escena en el ordenador, una y otra vez. Lo había visto besándola como si tuviera todo el tiempo y todo el derecho del mundo a hacerlo, con tal sensualidad que Miranda sentía como si todo explotase dentro de ella otra vez. Y se había visto a sí misma... rindiéndose, derritiéndose entre sus brazos.

No podía mentir sobre lo que había pasado. Ivan la había besado y ella le había devuelto el beso, así de sencillo.

Los opuestos se atraen, decía una columna de cotilleos.

¿Enemigos mortales en un combate amoroso?, sugería un segundo.

El beso de Korovin deja K.O. a la competencia, decía un tercero.

Ivan Korovin es sexy con S mayúscula, era el mensaje de texto que le había enviado su representante mientras estaba sentada obedientemente en la limusina de Ivan.

Es un best seller con patas.

Que Ivan Korovin besara a alguien en público siempre sería un artículo interesante. Ella misma había visto montones de fotografías del actor con alguna modelo o actriz. De hecho, había discutido ese asunto en detalle, diseccionando las dramáticas historias que contaban sus conquistas cuando Ivan rompía con ellas. Pero Ivan Korovin besando a la seria profesora conocida por llamarlo «el bárbaro rey Leonidas sin la excusa de Esparta»... en fin, no hacía falta que su representante le dijera que eso era de gran interés para el público.

–Vamos a tener que luchar juntos contra esto, nos guste o no –dijo Ivan entonces, interrumpiendo sus pensamientos–. Tal vez sería mejor que intentásemos verlo como una oportunidad.

–¿Una oportunidad para qué? –le preguntó–. ¿Para celebrar el fin de mi carrera? ¿Quién va a tomarme en serio ahora que se me ha visto en una situación tan comprometida con un hombre al que llevo dos años criticando por violento?

Él la miró en silencio durante unos segundos, sus ojos más oscuros que nunca.

–Yo hago películas de acción, doctora Sweet, pero no soy un hombre violento. Practico artes marciales, como muchos otros hombres en el mundo. Es usted quien me ha convertido en un monstruo, pero solo soy un hombre normal.

Ella no quería pensar en su trabajo desde esa perspectiva, no quería pensar en él en absoluto. Le gustaba el sitio en el que lo había colocado durante esos años e intentó concentrarse en la razón por la que estaba allí. Y no era para dejar que la confundiese una vez más.

–¿Qué clase de oportunidades ve usted en este desastre? –le preguntó, después de aclararse la garganta.

Se sentía incómoda, pero ya no era una cría indefensa, También ella tenía armas y debía recordarlo.

Pero, mientras intentaba armarse contra su mirada, los ojos de color medianoche se oscurecieron aún más y, al ver esa tentadora boca tan cerca, tuvo que disimular un escalofrío.

¿De anticipación o de ansiedad? No estaba segura.

Ivan esbozó una sombra de sonrisa que la inquietó más aún, si eso era posible.

–Creo que deberíamos salir juntos.

Capítulo 3

SALIR juntos?

Miranda Sweet repitió la frase con expresión horrorizada, como si la idea de salir con él le pareciese repugnante.

Ivan imaginó que, para alguien como ella, que había crecido rodeada de lujos en un barrio residencial, debía serlo. La doctora Sweet vivía en una torre de marfil mientras él había tenido que luchar en Nizhny Novgorod tras el colapso de la Unión Soviética con sus propias manos y nada más, salvo la determinación de hacer lo que fuera para sobrevivir y escapar.

Por supuesto que lo encontraba desagradable. Aunque a él casi le hacía gracia.

Casi.

Esa intrigante boca suya se abrió para cerrarse después e Ivan se encontró a sí mismo recordando el calor de sus labios, que no parecía poder quitarse de la cabeza, o del resto de su cuerpo. No debería encontrarla tan atractiva y lamentaba que fuera así. Más de lo que Nikolai podía imaginar.

Pero él nunca había querido ir a lo seguro. La seguridad hubiera sido quedarse en Nizhny Novgorod con su brutal tío, ganándose la vida como pudiera tras la caída de la Unión Soviética. La seguridad hubiera sido no pelear, hacer cualquier otra cosa. Nadie lucharía como lo había hecho él, a menos que tuviese que hacerlo.

Nunca había hecho nada seguro, no sabría cómo hacerlo.

Pero sí sabía lo que se le daba bien: ganar. Y, para ganar aquella pelea en particular, haría falta usar la lógica y la capacidad de seducción, aprendida durante esos años en Hollywood.

¿Por qué no hacer lo que ella esperaba? ¿Por qué no presentarle al Ivan Korovin que ella había descrito tantas veces en sus entrevistas? Aunque la fascinación que sentía por ella podría ser un problema.

–Debería haberme dado cuenta de que está completamente loco –dijo Miranda por fin, con tono frío, aunque sus ojos se habían oscurecido con una emoción que Ivan no podía descifrar.

–No, en absoluto –replicó él–. Soy un hombre práctico y sé cómo sacar provecho a las cosas. No se podría pagar la publicidad que hemos conseguido hoy. Mi gente cree, y yo estoy de acuerdo, que deberíamos capitalizarla.

Ella negó con la cabeza.

–No sé de qué está hablando.

Ivan sintió que algo se removía en su interior. Él sabía lo que querían las mujeres como ella: un hombre elegante, una estrella de cine con buenas maneras que solo fingía ser un tipo duro en las películas. No querían la oscuridad que había detrás de un hombre duro, no querían saber nada de las cosas que habían hecho y las que habían visto. De hecho, salían corriendo ante un hombre así.

–Si no le importa sentarse, doctora Sweet –sugirió– estaré encantado de explicárselo.

Como esperaba, Miranda Sweet lo miró como si fuera un ogro, pero al final se sentó en el sofá, con la espalda recta, las piernas juntas y las manos sobre el regazo. Mientras se sentaba en un sillón, a su lado, Ivan se sentía demasiado grande, demasiado sucio, demasiado por debajo de ella.

–¿Está intentando provocarme? ¿Es por eso por lo que actúa como si la hubieran encerrado en la jaula de los leones?

–Así es como me siento –respondió Miranda.

–¿Está diciendo que tiene miedo?

Ella lo fulminó con la mirada, sin saber que ese gesto de desafío era increíblemente sexy. E Ivan no tenía intención de decírselo. Las mujeres como ella tenían demasiadas armas a su disposición. ¿Por qué iba a darle otra?

–Su pulso se ha acelerado –dijo en voz baja–. Y se ha puesto colorada.

–Eso no es verdad.

–Sus pupilas se han dilatado y no deja de morderse el labio inferior. Eso no es miedo, es atracción.

Ella pareció perpleja por tal afirmación.

–No me conoce lo suficiente como para decir eso –dijo por fin, pero casi sin voz y estirando la espalda un poco más, si eso era posible.

–No necesito conocerla –Ivan se encogió de hombros–. Conozco a la gente y sé como leer el lenguaje corporal de los demás.

–¿Qué tiene eso que ver? El lenguaje corporal es lo

menos importante de la atracción. No es nada más que un espejismo. Lo que importa es el cerebro.

Ivan esbozó una sonrisa mientras se echaba hacia atrás en el sofá.

–Entonces, doctora, siento decírselo, pero su cerebro está enviando las señales equivocadas.

Era mucho más guapa en persona, pensó entonces. Y él era más susceptible a sus encantos de lo que hubiera podido imaginar. Maldita fuera, eso lo complicaba todo. Y, seguramente, lo hacía parecer un idiota.

Ella miró hacia la puerta, como si estuviera a punto de salir corriendo, pero luego respiró profundamente, como intentando relajarse.

–¿Es por eso por lo que cree que deberíamos salir juntos? –le preguntó–. ¿Para poder regalarme sus teorías sobre las reacciones físicas de una completa extraña?

–Eso también sería divertido.

–Es ridículo –protestó Miranda, vibrando de tensión.

¿O era otra cosa? Ivan pensó entonces que era más frágil de lo que había imaginado. Pero no quería pensar en ella de ese modo.

–Sabía que no debería haber venido –siguió la doctora Sweet–. ¿Mi vida se está desintegrando y su solución es que salgamos juntos?

–Cálmese, por favor. Evidentemente, no sería una relación de verdad. Conozco su opinión sobre mí y tampoco yo tengo una gran opinión sobre usted, en ese asunto estamos a la par.

Era cierto, por supuesto, pero eso no explicaba lo que parecía haber entre ellos. Ni su deseo de lidiar con esa atracción en la cama más próxima... durante una semana. O el de obligarla a aceptar que había algo entre ellos.

–¿Por qué sugiere que salgamos juntos? ¿Es así como se hacen las cosas en Hollywood? –le preguntó, escandalizada–. Pensé que no era verdad, pero veo que me había equivocado.

–No puede negar que el beso fue sorprendente –insistió Ivan, aunque solo fuese para molestarla.

–Cada uno tiene sus gustos –replicó ella, haciendo una mueca.

Le disgustaba que la hubieran visto besarlo. Ella, la seria profesora, con el bruto ruso. Sin duda, se sentiría manchada para siempre y eso hacía que Ivan quisiera ensuciarla más, allí mismo si fuera posible.

–No puede negar la química que hay entre nosotros. Piense en los titulares que podríamos generar si quisiéramos.

–Lo dirá de broma...

–He decidido cambiar de carrera –la interrumpió Ivan–. Otra vez.

–¿Y su próxima carrera consistirá en besar a mujeres desprevenidas? –lo retó Miranda–. Con su fama y sus fans, seguro que se haría millonario. Podría poner una caseta para dar besos... así conseguiría los titulares que tanto le gustan.

–He decidido dedicarme a la filantropía –replicó él–. Mi última película se estrenará en el mes de junio y mi fundación empezará a funcionar una semana después.

–¿A la filantropía? –repitió Miranda, perpleja.

–Así es. Y quiero que mi mayor crítica demuestre

ante el mundo que me ve como un hombre decente y no como el neandertal que lleva dos años diciendo que soy sin conocerme siquiera.

Ese había sido el argumento de su publicista después de ver la repetición del beso una y otra vez.

Ivan no podía creer que estuviera unido a su némesis y que, además, fuera culpa suya. Eso le había dicho Nikolai. Eso, antes de sugerir que aprovechase la oportunidad para neutralizar a la doctora Miranda Sweet de una vez por todas.

¿Por qué la había besado?, se preguntó Ivan.

No tenía respuesta para esa pregunta, pero él era un hombre práctico, por muy fascinado que estuviera con Miranda Sweet y por alto que fuese el precio que tuviera que pagar por aquella «relación».

De modo que no había ninguna razón para no disfrutar del juego. Para no disfrutar de ese brillante pelo rojo, de esos labios carnosos, de esa patricia seguridad suya. Ninguna razón en absoluto.

El plan prácticamente se había hecho solo. Tal vez la venganza era un plato que se servía frío, pero nadie había dicho que no fuese igualmente efectivo cuando se servía ardiendo.

Y tal vez debería averiguarlo.

–Entiendo cómo podría beneficiarle a usted –dijo Miranda entonces, su tono sugiriendo que él había suplicado su ayuda de rodillas, como si la necesitara desesperadamente.

–He dicho que podría beneficiarme, sí, pero no que la necesite.

–Ah, vaya, agradezco que me lo aclare –replicó ella, irónica–. Pero no veo cómo me serviría a mí de nada, aparte de convertirme en una hipócrita a ojos de todo el mundo.

–Yo soy una estrella de cine, doctora Sweet. Usted sola no podría generar ese tipo de publicidad por sí misma –dijo Ivan–. El público se quedará fascinado por eso que tanto la horroriza: que un hombre como yo y una mujer como usted puedan estar juntos. Romperemos después de un mes y nos separaremos tranquilamente. No veo dónde está el problema.

–Para usted no hay ningún problema, por supuesto. Pero a mí sí me importa que la gente me vea como una hipócrita. Que, de hecho, lo sería. No todo está en venta, señor Korovin.

–Eso lo dice alguien que nunca ha tenido que vender nada para sobrevivir.

Ivan no podía esconder su impaciencia ni su irritación ante la gente como ella, que habían nacido rodeados de privilegios y nunca sabrían lo que era tener que elegir entre el orgullo y la supervivencia. Y, mucho menos, lo que era tener que luchar con uñas y dientes para conseguir nada.

–¿Usted qué sabe?

–No es usted la única que estudia a sus oponentes. Sé muy bien que intenta disimular que es una princesa.

De nuevo, Miranda se puso colorada, haciéndole sentir la misma emoción que sentía en el cuadrilátero cuando ganaba una pelea. Seguramente eso confirmaba que era el neandertal que ella creía que era y, en ese momento, le daba igual.

–No creo que amenazar a alguien a quien intenta convencer inventándose su biografía sirva de nada. No es muy elegante.

–No sé qué quería Guberev de usted, pero que se acercase a usted de esa manera debería hacerle pensar que está enfadando a mucha gente.

–Lo he pensado.

–Entonces, le ofrezco la solución perfecta para que no vuelva a acercarse.

–Porque usted es el macho alfa, claro.

Miranda Sweet estaba sonriendo y él no debería haber sentido esa sonrisa como una caricia. No debería estar contemplando la mejor manera de meterse bajo su piel. No debería sentir cierta inquietud por lo que estaba haciendo. No debería preocuparle que su hermano tuviese razón, que estuviera arriesgándose demasiado.

–Lo soy.

Miranda se concentró en llevar oxígeno a sus pulmones.

No era solo que la hubiera llamado «princesa» de esa manera tan insultante. No solo que quisiera fingir una relación entre ellos. No solo que fuera tan masculino y tan poderoso como un tigre a punto de atacar. Había algo más, pero no podía ponerle nombre.

Ivan iba a decir algo, pero Miranda levantó las manos.

–Me lo pensaré –le dijo–. Y le llamaré cuando haya tomando una decisión.

–O usamos la publicidad del beso ahora mismo o la gente perderá el interés. A mí no me importa mi imagen, pero estoy seguro de que a usted sí –Ivan esbozó una sonrisa–. No sé si sería más hipócrita ser vista conmigo, el hombre al que tanto odia, o que después de haberme besado delante de todo el mundo no quiera saber nada de mí.

La frase quedó colgada entre los dos. Miranda sintió que le daba vueltas la cabeza, pero hizo un esfuerzo para calmarse.

La notoriedad que conseguiría saliendo con él ayudaría a publicar su nuevo libro. Como decía su representante, Ivan Korovin era un hombre muy sexy y el mundo entero estaba obsesionado con él. Si aceptaba su proposición, sería más fácil propagar su mensaje contra la violencia en el cine y los medios de comunicación, que era lo que quería.

Además, Ivan era un guerrero moderno que dominaba las taquillas. Salir con él públicamente sería como entrar en la caverna de la bestia, pero llevaría su investigación a un nivel inimaginable. Podría demostrar sus teorías tratando con la fuente, entrevistar al monstruo en su propia guarida.

Miranda suspiró mientras pasaba una mano por la pernera del pantalón. Podía sentir los ojos de Ivan clavados en ella y, de nuevo, le pareció una caricia... pero una caricia peligrosa.

Temblaba, pero de emoción por las posibilidades para su libro, no por él.

Pero, cuando sus ojos se encontraron, supo que era mentira. Era una mala señal, pero iba a hacerlo de todas formas.

–Quiero escribir un libro –le dijo.

Podría llamarlo *Entrevista con el neandertal*. Su editora se volvería loca de alegría y el público lo compraría en masa, tan enamorados estaban de aquel hombre, aunque lo que dijese de él fuera negativo.

–¿Un libro?

–Sobre usted.

–No, de eso nada –Ivan ni siquiera lo pensó un momento–. Yo doy una cantidad mínima de entrevistas y no quiero que escriban mi biografía. Nunca.

–Ya lo sé. Se niega a hablar de su pasado o de su vida personal. Se niega y, por eso, es usted un misterio para todo el mundo. Pero si yo voy a arriesgar mi reputación, no puede negarse.

–¿Por qué iba a darle una entrevista a alguien que ha hecho su carrera destrozándome públicamente? ¿Por qué iba a darle más munición contra mí? No puede pensar que soy tan tonto, doctora Sweet.

–Considérelo una oportunidad.

–¿Para qué? ¿Para caer en sus garras?

–No, para demostrar que estoy equivocada.

Ivan pareció pensarlo un momento mientras la miraba de arriba abajo: los ojos, los labios, los pechos. Era una exploración deliberada y, aun así, Miranda sintió el calor de esa mirada en lo más hondo.

–Me han hecho ofertas más tentadoras.

Era tan arrogante, el típico actor famoso, pensó ella.

–Entonces, véalo como un reto –insistió–. Convénzame de que estoy equivocada sobre usted. Eso es lo que cree, ¿no?

–Es lo que sé. Está equivocada sobre mí.

–Demuéstrelo entonces –insistió Miranda, temiendo que viera cuánto deseaba que dijera que sí–. Hágalo y fingiré que salimos juntos, como usted quiere.

Podrían haber pasado horas mientras él la miraba en silencio, con esa mirada suya tan oscura a la que no se le escapaba nada. Parecía una mirada perezosa, pero no había nada perezoso en aquel hombre. Era como una serpiente dispuesta a atacar e igualmente letal.

–Impondré ciertas reglas –dijo por fin–. Si se las salta, no habrá libro.

–Muy bien –asintió ella.

¿Iba a hacerlo? ¿Iba a hablarle de su vida a ella, su enemiga? ¿Iba a contarle cosas que no le había contado a nadie más? ¿A dejar que lo convirtiera en lo que ella quisiera?

–También yo quiero imponer ciertas reglas.

–¿Qué reglas?

–Nada de tocarnos a menos que haya cámaras cerca –dijo Miranda–. Tiene que haber unos límites.

–¿Eso es lo que más le preocupa? ¿No le asusta vivir bajo los focos o que este juego se convierta en otra cosa? –Ivan esbozó una sonrisa–. Qué interesante.

–No intente psicoanalizarme. Y no habrá ningún cambio en la relación, se lo aseguro.

–¿Es otra de sus reglas?

–Más bien una preferencia.

–Muy bien, pero seré yo quien lleve el control de la situación. Acepte eso y todo será más fácil.

Miranda tragó saliva, intentando contener un extraño cosquilleo de deseo en el estómago. Ella, que siempre había pensado en el sexo en elegantes tonos oscuros o agradables pasteles... ¿por qué sentía aquello?

–Puede dirigir la relación cuando estemos en público, usted sabe más que yo de eso –le dijo, después de aclararse la garganta–. Mientras responda a mis preguntas... a todas mis preguntas. Me dará lo que quiero o me marcharé. Ese es el trato.

Sonaba fría, competente, la dedicada investigadora que era.

–Como usted desee, doctora Sweet –asintió Ivan. Sus ojos oscuros brillaban con una mezcla de burla y triunfo, un brillo que conectaba con su vientre, con su propio aliento.

–De acuerdo –asintió–. Entonces, trato hecho.

Los ojos de Ivan se clavaron en ella y Miranda tuvo la sensación de que había hecho lo que esperaba que hiciera. La sensación de que la había llevado donde él quería, que había caído en su trampa.

Como si supiera lo que iba a hacer, lo que iba a decir, cuando fue a verlo esa noche.

Como si lo hubiera planeado.

Capítulo 4

IVAN insistió en empezar el juego inmediatamente... y en París.

–No, eso es inaceptable –anunció cuando Miranda insistió en reunirse con él en Cannes, donde usarían el festival de cine para mostrar al mundo su relación–. Iremos juntos a Europa.

Había desoído sus protestas, como si esperase obediencia inmediata, y a Miranda no le había gustado nada.

¿Dónde se había metido?, se preguntaba. Aunque tenía miedo de saberlo.

–¿Qué piensa ponerse para aparecer en la alfombra roja? –le preguntó Ivan, señalando el traje de chaqueta negro que llevaba–. ¿Algo así?

–Tengo vestidos, no se preocupe. Lo crea o no, he acudido a eventos elegantes en más de una ocasión.

–Esto no es negociable, doctora Sweet –replicó él, con tono firme–. Yo tengo una reputación que mantener y la mujer que vaya de mi brazo debe estar a la altura de las expectativas del público. No vamos a un cóctel lleno de académicos en su elegante universidad o al club de campo de Greenwich, Connecticut. Estamos hablando de un evento que presencian millones de personas en televisión.

–Y, en ese escenario suyo, la moda lo es todo, claro –replicó ella.

–En ese escenario, la moda es una declaración de intenciones. Se toma muy en serio, lo crea o no.

–Muy bien, de acuerdo –Miranda se recordó a sí misma cuál era su objetivo: el libro que iba a escribir dejándolo al descubierto, humillándolo públicamente. Así podría ayudar a los que, como ella, estaban hartos de la violencia en el cine y los medios de comunicación–. Si quiere tirar su dinero, es asunto suyo.

–Gracias –Ivan inclinó ligeramente la cabeza, burlón–. Agradezco mucho que me dé permiso para comprarle un vestido.

Setenta y dos horas después, Miranda se encontró medio desnuda en una famosa casa de moda de París. Todo había ocurrido a tal velocidad...

Se decía a sí misma que era por eso por lo que le daba vueltas la cabeza, por eso y por el cambio de horario. O, tal vez, por las horribles pesadillas que la habían despertado cada noche desde su encuentro con Ivan Korovin en Georgetown.

Suspirando, se miró en la pared de espejos ante ella sujetando el corpiño de un vestido que, le habían asegurado, le quedaría de maravilla cuando las costureras hubiesen terminado de hacerlo a su medida.

Aunque nadie parecía fijarse realmente en ella.

Ivan estaba sentado en el opulento sofá que ocupaba gran parte del vestidor, decorado con alfombras persas y cortinas de damasco, mientras las costureras que no estaban ocupadas tomando medidas se desvivían por atenderlo.

Miranda apenas se reconocía frente al espejo. Sentía

como si estuviera en un universo paralelo, como si alguien la hubiera transportado al decadente París del siglo anterior y ella fuese una mujer caída en desgracia.

Nerviosa, sacudió la cabeza, como si así pudiera sacudir las pesadillas que habían plagado su sueño la noche anterior.

¿De verdad estaba vistiéndose para un hombre? ¿De verdad había caído tan bajo como para hacer lo que le pedía? ¿Había dejado que Ivan le comprase un vestuario nuevo esa mañana, como si hubiera ido a él desnuda y con las manos vacías?

Una cosa era tomar parte en aquella relación calculada y falsa con un objetivo claro, algo que parecía casi inevitable después del beso en público, otra muy diferente, dejar que aquellas extrañas tomasen medidas mirándola con frialdad, como si solo fuese una amante del guerrero.

«Es el jet lag», se decía a sí misma una y otra vez. «Hace que todo parezca extraño».

Ivan levantó la cabeza en ese momento y, cuando sus ojos se encontraron en el espejo, Miranda se sintió desnuda.

Aquello era demasiado turbador. No podía hacerlo.

«Nos están observando», le dijo Ivan, sin palabras.

–Solo nos mostraremos cariñosos cuando haya cámaras –le había advertido Miranda en el avión, cuando Ivan se sentó a su lado y le ofreció una copa de champán.

Llevaba una camisa blanca que destacaba su ancho torso y dejaba al descubierto ese intrigante tatuaje. Estaba demasiado cerca y el calor de su cuerpo se le traspasaba...

Cuando volvió a Nueva York el día después del

beso, se encontró a los paparazzi en la puerta de su casa, en el Upper West Side de Manhattan. Afortunadamente, había terminado sus clases en la Universidad de Columbia para ese semestre y podía esconderse en su apartamento. Fingir que nada de aquello estaba pasando, que nunca había conocido a Ivan Korovin o que lo había besado. Y, mucho menos, que había hecho un trato diabólico con él.

Miranda intentó animarse pensando en su libro. Cuando Ivan estuviese fuera de su vida, cuando pudiese analizar fríamente lo que había pasado, cuando pudiera discutirlo en sus propios términos en todas las televisiones que quisieran entrevistarla, todo aquello habría merecido la pena.

Cuando las pesadillas desaparecieran.

No estaba preparada para verlo de nuevo tan pronto. No estaba preparada para la sorpresa que sintió al verlo en el deportivo que los llevó al aeropuerto.

–No llegamos a ningún acuerdo –había protestado él–. Usted hizo un anuncio... imagino que lo hace a menudo.

–¿Eso significa que no está de acuerdo?

–No, no lo estoy –respondió Ivan, mirándola a los ojos–. Solo dejaremos a un lado la farsa cuando estemos completamente solos.

–Pero...

–Hay cámaras en todas partes –la interrumpió él–. Teléfonos móviles y gente dispuesta a vender cualquier imagen a los medios. Usted cree saber lo que significa vivir bajo los focos porque ha participado en unos cuantos programas de televisión, pero le aseguro que no sabe nada.

–Eso me parece exageradamente paranoico.

–Y, sin embargo, así es como he conseguido seguir siendo considerado esquivo y misterioso a pesar de ser una estrella de cine. Este es mi juego, doctora Sweet. Si quiere escribir un libro sobre mí, lo haremos a mi manera.

Miranda volvió al presente y notó que le ardía la cara mientras se miraban a través del espejo.

Ivan le hizo un gesto para que se diera la vuelta y ella tenía que obedecer porque ese era el trato, y no pensaba romperlo cuando tenía tanto que ganar. Podía hacerlo, se dijo.

Los oscuros ojos de Ivan brillaban con una promesa que Miranda no quiso entender, aunque su sonrisa le hacía sentir como si le faltase el oxígeno.

Parecía un dios pagano recostado en el sofá, tan duro y tan peligroso, capaz de todo.

Miranda sintió como una detonación en su interior. Tembló cuando él le hizo un gesto para que se acercase, pero sabía que si escuchaba las demandas de su cuerpo se perdería para siempre. Y ella sabía que no debía hacerlo, pero tuvo que hacer un esfuerzo para recuperar el control cuando Ivan se levantó abruptamente del sofá.

–Déjennos solos un momento –ordenó en francés. Todos los que estaban a su alrededor desaparecieron y cerraron la puerta tras ellos.

Sola y medio desnuda, supuestamente su amante, Miranda sabía lo que debían estar imaginando: que Ivan le quitaría el vestido para explorar su piel... su boca ardiente por todas partes. También ella estaba imaginándolo.

Miranda no podía apartar los ojos de él, no podía

moverse ni darse la vuelta para mirarlo. Ni siquiera era capaz de respirar.

Ivan se acercó con ese paso suyo de predador, seguro y certero, su cuerpo de guerrero escondido bajo una camisa y un pantalón oscuro.

No había error sobre lo que era. Ivan Korovin: rico, famoso y en total control de la situación cuando Miranda empezaba a perderlo por completo.

–No quiero... –empezó a decir.

–No digas nada.

Miranda no sabía qué era peor, que creyese que podía hablarle de ese modo o que ella obedeciese a un hombre que representaba todo lo que odiaba en el mundo.

Ivan subió a la plataforma sobre la que estaba subida. Demasiado cerca. Miranda cerró los ojos, como si eso pudiera protegerla de él o de ella misma, ya no estaba segura. Se sentía atrapada.

¿Cómo iba a sobrevivir durante esas semanas?

–Mírame –le ordenó él con tono suave, pero autoritario.

Temblando, Miranda abrió los ojos, su estatura haciendo que se sintiera pequeña.

–Lo prometiste –susurró–. No puedes hacer esto cuando estamos solos. No puedes cambiar las reglas.

Podía sentir el calor que generaba su cuerpo, un calor que la dejaba sin aire.

–Hay cámaras de seguridad en las esquinas –susurró Ivan.

Y entonces la tocó.

Miranda se dijo a sí misma que era la clase de mujer que cumplía sus promesas, por muy difícil que fuese, de modo que dejó que la tocara.

Ivan acarició su muñeca con un dedo. Podía sentirla temblando por el esfuerzo que hacía para no apartarse y tuvo que disimular una sonrisa.

Debía seducirla, pero era demasiado pronto. Y aquel no era el lugar adecuado.

Trazó su espina dorsal con un dedo, intentando controlar el fuego que rugía dentro de él, pero Miranda estaba envuelta en una preciosa tela que hacía que su piel pareciese crema y él quería probarla.

Inclinó la cabeza, respirando su aroma que lo volvía loco, haciendo que pensara en la posibilidad de seducirla allí mismo.

Podía verla en el espejo, podía ver el brillo de sus ojos, cómo temblaban sus labios. Podía ver las diferencias entre los dos, el bruto frente a la frágil feminidad.

Tuvo que hacer un esfuerzo sobrehumano para apartarse, como si lo tuviese todo controlado, como si no le afectase en absoluto. Luego la apretó contra él, besándola como la había besado en Georgetown, como si fueran amantes, como si hubiera pasado horas enterrado en ella, haciendo que se rompiera en pedazos, como estaba seguro de que la tendría pronto.

«Muy pronto, doctora Sweet», se prometió a sí mismo.

Sencillamente, la haría suya donde quisiera, cuando quisiera. Suya.

Si fuera suya, la apoyaría en la pared de espejos o la sentaría sobre sus rodillas en el sofá. Y le daría igual quién estuviera mirando. Y tampoco a ella le importaría. Lo recibiría encantada.

–*Milaya moya* –murmuró–. ¿Y si estuviera cambiando las reglas del acuerdo?

Ella intentó apartarse, pero Ivan pudo ver el pulso latiendo fieramente en su cuello. Su mirada se había oscurecido y no tenía la menor duda de que lo deseaba, aunque lo negase.

No hacerla suya allí mismo era más difícil de lo que había imaginado. Deseaba hacerlo y al demonio con las cámaras de seguridad.

Pero estaban fingiendo, tuvo que recordarse a sí mismo. Y él debería estar actuando.

Ivan levantó la cabeza, pero no la soltó. ¿Por qué era tan difícil recordar que todo era mentira?

Aunque él sabía por qué. Y no podía dejar que aquella atracción suicida pusiera en peligro todo aquello por lo que Nikolai y él se habían esforzado tanto. Aunque fuese la primera mujer que se metía en su piel, la primera que lo hacía olvidarse de sí mismo. No lo haría porque podía imaginar cuánto disfrutaría Miranda usándolo contra él.

Dejó de besarla, pero no la soltó porque era un hombre y porque, se dijo a sí mismo, aquello era parte de la farsa.

–Este vestido es perfecto –murmuró–. Me gusta el color.

–A mí no.

–He contratado un ejército de estilistas para atenderte. No discutas con ellos, por favor. Los elegí por una razón.

–Todo esto es completamente innecesario –replicó Miranda.

Pero tenía que aceptar. Incluso habían firmado un documento en el avión, un documento secreto, naturalmente, donde todo quedaba bien claro. Sus demonios eran asunto suyo. Él no sabía nada. No iba a conocerla de verdad. Iba a hacer el papel con un objetivo en mente y luego haría lo que quisiera con esa información.

«Merecerá la pena», se dijo a sí misma.

–No necesito estilistas –insistió–. No necesito nada salvo una copa de vino y un poco de privacidad.

–Ya te dije que quería controlar la situación –le recordó Ivan.

Cuando la miró a los ojos, Miranda deseó que no lo hubiera hecho porque esa mirada oscura le afectaba como ninguna otra. Sus manos eran duras y cálidas y, cada vez que la tocaba, sentía como una descarga eléctrica.

Ella había aceptado el acuerdo por voluntad propia. Nadie la había obligado a hacerlo. Había elegido ir con él a Europa, había firmado el documento...

Pero no entendía por qué el roce de su mano le afectaba tanto.

–¿Quieres la relación que acordamos o sencillamente quieres que me rinda ante ti en todos los sentidos?

Ivan esbozó una sonrisa que conectó con su vientre, como si supiera que lo deseaba a pesar de sí misma.

Temía esos sentimientos. Temía estar dando pasos que la harían perder el control de la situación por completo y, sin embargo, el incendio que rugía dentro de ella se avivaba con cada segundo que pasaba.

–Ah, doctora Sweet. Lo dice como si tuviera que elegir.

Capítulo 5

EL EQUIPO de estilistas apareció en cuanto el avión aterrizó en el aeropuerto de Niza unas horas después y entre todos se llevaron a Miranda, algo que Ivan agradeció.

Cada día era peor. Había estado a punto de perder la cabeza en la casa de moda y una parte de él lamentaba no haberlo hecho. Tal vez, por cómo lo miraba, por su aspecto elegante. O por las llamas de su pelo, su patricia piel imposiblemente suave, sus deliciosos escalofríos.

Era una locura. *Ella* lo volvía loco.

Pero tenía que atenerse al plan. Debía hundir a Miranda Sweet, no destrozar su propia vida.

La vistieron de blanco, como él había pedido, para que tuviese un aspecto fresco y encantador en contraste con la fuerza bruta que él representaba y que Miranda tanto había criticado.

Un suave pantalón de lino con unas sandalias de cuña y las uñas pintadas, que le parecían más eróticas de lo que deberían, con varios tops en diferentes tonos de blanco cayendo sobre sus pequeños y perfectos pechos. Su pelo era el centro de atención, como una cascada roja por su espalda, como si alguien, y cómo le gustaría ser él, hubiera pasado los dedos por él, dejándolo ligeramente despeinado.

–¿He pasado la inspección? –le preguntó Miranda, con ese tono aristocrático que empezaba a convertirse en una obsesión para él.

¿Estaba intentando ser amable desde su torre de marfil o hacía lo imposible por interpretar su papel?

Un juego peligroso, desde luego.

La deseaba de un modo que lo asustaba y, después de la escena en la casa de moda de París, no podía dejar de pensar que podría tener que pagar un precio muy alto por seducirla. Un precio que no estaba dispuesto a pagar.

Pero eso no era nada nuevo.

Ivan no respondió, sabiendo que cualquier cosa que dijera la enfadaría. De modo que tomó las gafas de sol que le ofrecía uno de los estilistas y ocultó esos misteriosos ojos verdes, disfrutando del roce de su piel al hacerlo.

–Ven –le dijo, tomando su mano y sonriendo al notar que ella daba un respingo.

Dudaba que entendiese cómo era un hombre que llevaba toda la vida practicando artes marciales, cómo lo forzaba eso a estar pendiente de su entorno en cada momento. O que sabía cuándo contenía el aliento, cuándo respiraba con normalidad, cuándo se ponía tensa o estaba relajada. Y más cosas.

No, él no era un buen hombre, pensó, conteniendo una risotada. Afortunadamente, nunca se había hecho ilusiones en ese aspecto y estaba disfrutando de su incomodidad, de aquella falsa sumisión.

La llevó al deportivo que los esperaba y cerró la puerta antes de colocarse tras el volante. Luego, después de hacerle un gesto a Nikolai y al resto del equipo de seguridad, arrancó a toda velocidad.

–Tenemos que hablar de lo que pasó en París –dijo Miranda en cuanto el coche empezó a moverse–. No puede haber cambios en el acuerdo. Ya lo hemos hablado. Incluso hemos firmado un documento...

–Estamos en la calle. Por favor, deje de regañarme hasta que estemos a solas.

Miranda lo miró como si estuviera a punto de darle un golpe en la cabeza y eso le hizo reír.

–No tienes que hablarme como si fuera una empleada tuya –le advirtió Miranda.

–No es así como hablo con mis empleados, te lo aseguro. Además, ellos saben que no deben replicar.

–Ah, un tirano. Era de esperar.

–Estoy deseando escuchar tu letanía de quejas, pero no ahora mismo. Tal vez, podrías arrellanarte en el asiento y disfrutar del paisaje. Al fin y al cabo, estamos en la Costa Azul.

Miranda miró por la ventanilla mientras él conducía el poderoso deportivo por el paseo marítimo que separaba la ciudad de Niza de la bahía Des Anges. Le encantaba el color de las colinas bajo los últimos rayos de sol, ese color que hacía que Provenza fuese tan admirada en el mundo entero. Pero el silencio de la mujer que estaba sentada a su lado era ensordecedor.

Miranda estaba enfadada y él estaba a punto de enfurecerla aún más, pensó con cierto fatalismo mientras conducía por el encantador pueblecito de Villedefranche-sur-Mer para ir luego a la península de Cap Ferrat, con hermosas villas rodeadas de árboles.

Detuvo el coche en el famoso Grand Hôtel de Cap

Ferrat, que era en realidad un palacete, un edificio blanco y elegante en una de las zonas más caras de Francia.

Miranda estaba tan ocupada mirando el hotel que no vio al grupo de fotógrafos que esperaban en la entrada hasta que fue demasiado tarde. Ivan se dio cuenta porque de inmediato se puso tensa.

–¿Qué hacen aquí? –le preguntó mientras se quitaba el pañuelo de la cabeza, liberando aquel glorioso pelo rojo.

–Yo los he llamado –respondió.

Ella lo miró, sorprendida.

–¿Por qué los ha llamado? Este no es ninguno de los eventos que habíamos acordado.

Ivan puso una mano en su rodilla en un gesto despreocupado, como hubiera hecho si de verdad se acostase con ella. Y disfrutó al notar que contenía el aliento.

–Sonría –le ordenó–. Deje que hable yo. Solo debe recordar que estamos viviendo un apasionado idilio y me desea de tal forma que el deseo está por encima de sus famosas objeciones. No puede estar un solo minuto sin tocarme, eso es lo que han venido a ver.

No podía ver sus ojos tras los cristales de las gafas, pero vio que se mordía el labio inferior y notó el temblor de su pierna bajo la mano.

Le gustaría decirle lo que pensaba sobre cómo respondía ante el menor contacto y cómo sería entre ellos en la cama, donde tenía intención de tenerla tarde o temprano. Aunque no haría falta una cama, un suelo sería suficiente, o el coche si no hubiese gente alrededor. Lamentablemente, no era el momento.

Aquello era una venganza. Así era, precisamente,

cómo la haría pagar por haberlo insultado públicamente y por las cosas que hacía que se preguntase en la oscuridad.

¿Qué decía de él que pudiera olvidar el objetivo para pensar solo en los medios? ¿Que estuviera disfrutando tanto de esa supuesta venganza?

Pero él sabía la respuesta a todas esas preguntas.

Miranda dejó escapar un largo suspiro, como intentando calmarse, y luego se volvió hacia él con una sonrisa... o más bien mostrándole los dientes.

–No me cae nada bien, señor Korovin –le advirtió–. De hecho, me disgusta intensamente.

–Me alegro –dijo él–. Eso siempre queda bien en el cine.

En cuanto salieron del coche, fueron rodeados por los fotógrafos. Hacían preguntas en todos los idiomas, pero Ivan decidió no responder mientras posaba para las fotos tomando a Miranda por la cintura después de ayudarla a salir del coche, como el caballero que era... o que todos creían que era.

Ella estaba tensa, pero sonrió como debía y cuando se apoyó ligeramente en él, Ivan estuvo a punto de olvidar que todo aquello era una farsa.

Idiota, le dijo una vocecita que sonaba sospechosamente como la de su hermano. Pero decidió ignorarla también mientras respondía a las preguntas de los reporteros con la tranquilidad que daba la experiencia. ¿Desde cuándo estaban juntos? ¿Quién dio el primer paso? ¿Qué había hecho que se besaran públicamente en Georgetown? ¿Era un truco publicitario? ¿Podían mirar aquí, allá, sonreír, besarse de nuevo?

–Creo que el mundo entero nos ha visto besarnos

–respondió Miranda, con un sentido del humor que Ivan tenía que admirar.

La apretó contra su costado y disfrutó al sentir ese ligero temblor que empezaba a encontrar adictivo. Ni siquiera sabía si ella se daba cuenta de las señales que enviaba, pero seducirla iba a ser más fácil de lo que había pensado.

Aunque se decía a sí mismo que lo que sentía era simple anticipación.

–Bueno, ya está bien –dijo al ver a Nikolai en la puerta del hotel–. Nos veremos en el cine la semana que viene.

–¿Y las cosas horribles que la doctora Sweet ha dicho de ti, Ivan? –le preguntó una de las reporteras–. ¿Lo habéis arreglado de puertas adentro?

Era una reportera estadounidense particularmente incisiva, a la que Ivan reconoció de inmediato. Sonriendo, se quitó las gafas de sol y miró a Miranda hasta que ella se puso colorada, seguramente sin saber que lo que pasaba entre ellos era algo puramente sexual, carnal. Luego, volvió a mirar hacia las cámaras.

Sabía lo que estaba haciendo porque lo hacía todo el tiempo. Era el mejor Jonas Dark, enigmático, peligroso e imposiblemente sexy.

Ivan le ofreció su famosa sonrisa, el arma más letal de su arsenal particular.

–Eso solo era un juego erótico –respondió.

Miranda apenas se fijó en el elegante vestíbulo del Grand Hotel, decorado en blanco con algún toque azul, del mismo tono que el mar que se veía por las ventanas. Lo único que veía era la sonrisa de Ivan, tan sexy y tan peligrosa.

Apenas se fijó en el precioso jardín o en el brillo del mar, como si todo el Mediterráneo hubiera sido colocado allí para los clientes del hotel.

Solo escuchaba esas palabras en labios de Ivan una y otra vez: «solo era un juego erótico».

Pero no dijo nada y siguió sonriendo mientras los llevaban a una villa privada que solo una estrella de la magnitud de Ivan Korovin podía conseguir.

Y entonces, por fin, se quedaron solos en una de las habitaciones de la villa. Una habitación llena de flores, decorada en tonos blancos y amarillos, con sofisticados cremas y algún toque de lavanda.

Allí no había cámaras. Ni reporteros ni nadie mirando ni haciendo preguntas. Nadie decía una palabra. Por fin.

Ivan cerró la puerta cuando se marchó el último empleado, que prácticamente había hecho *grand jetés* para servir a su importante cliente, y Miranda esperó hasta que la puerta estuvo cerrada antes de hablar:

–¿Juego erótico? –repitió, con un nudo en la garganta.

–¿No le suena el término, doctora Sweet? ¿Quiere que se lo demuestre?

–Antes preferiría...

–Cuidado –le advirtió él.

¿Estaba riéndose de ella? ¿Aquel asunto le parecía divertido? Pero por supuesto que le parecía divertido, estaba pasándolo en grande.

–¿Qué quiere decir con eso?

–Es fácil acalorarse en un momento de enfado, pero suele lamentarse más tarde.

–¿Por qué iba a lamentarlo?

–Lo lamentará cuando se demuestre que es una mentirosa.

Miranda tembló de nuevo, pero en aquella ocasión no temía romperse. Lo que le preocupaba era acabar tirándole un jarrón a la cabeza, algo que sería absurdo y contraproducente, pero el deseo estaba allí y tuvo que apretar los puños para no tomar el grueso jarrón lleno de orquídeas que había a su lado.

–¿Soy un trofeo para usted?

–Eso significaría que estar con usted es una recompensa –replicó él.

No había ninguna razón para que ese comentario le doliera, pensó Miranda. Y no la había, sencillamente el día estaba siendo demasiado largo y no había dormido lo suficiente.

–Yo merezco un premio por estar con usted –replicó–. No soy una actriz y, sin embargo, tengo que desfilar con ropa que no es mía, con toneladas de maquillaje en la cara, fingiendo que todo es muy sexy y emocionante mientras usted se carga mi carrera con esa absurda frase...

–¿Le ha molestado doctora Sweet? ¿Le duele que alguien se cargue su trabajo tan alegremente?

Ivan había dado un paso adelante, pero Miranda no dio un paso atrás, a pesar de la campanita de alarma que sonaba en su cerebro y del deseo de salir corriendo mientras pudiera.

Cuando estuvo a su lado, tuvo que levantar la cabeza para mirarlo, a pesar de las altas sandalias.

–De modo que esto es una venganza para ti –le espetó, fingiendo que no la acobardaba, que su corazón no latía frenéticamente, fingiendo que solo era miedo cuando sabía que era algo más.

–Llámalo como quieras. ¿Era una venganza la primera vez que me llamaste neandertal? ¿Cuando decidiste calificarme con los epítetos más insultantes? ¿Cuando inventabas todo tipo de cosas para que el público me viese como un animal?

–Entonces, lo admites –dijo Miranda–. Esto no es más que una elaborada y mezquina venganza.

¿Por qué lo había elegido a él precisamente para hacer su disertación años atrás cuando había tantos brutos en el mundo? Cualquiera de ellos hubiera servido para demostrar lo que pensaba. ¿Por qué había elegido precisamente a Ivan Korovin?

Pero ella sabía por qué. Una tarde, había visto una fotografía suya en una revista. Allí estaba, aterrador y medio desnudo, con esos músculos de hierro. Había sentido algo al ver esa masculinidad abrumadora... y se odiaba a sí misma por ello.

–¿He herido tus sentimientos al sugerir que una de tus novias te dejó porque no podía soportar tanta testosterona?

–¿Tienes algo contra la testosterona? –le preguntó Ivan, con un brillo extraño en los ojos–. Deberías probarla.

Ella puso los ojos en blanco, como si no le afectase, como si no estuviera impresionada.

–Qué deprimentemente previsible –replicó–. ¿Existe algún hombre que no crea que su pene mágico puede curar a una mujer que lo detesta? Sería divertido si no fuera tan triste.

–Ya está bien de tus generalizaciones y tus teorías sobre mí –le espetó él, aunque no parecía enfadado. Al contrario, sus ojos brillaban más que antes–. Hablemos de ti y de lo obsesionada que estás conmigo.

–Yo no estoy obsesionada.

–Estás obsesionada con esto –Ivan abrió los brazos, mostrando sus bíceps.

Debería parecerle ridículo, pero casi podía sentir el calor de aquel torso duro y ancho y, de repente, sintió el deseo de apoyarse en él. Sencillamente apoyar la cabeza... o tumbarse en la cama en la que acababa de fijarse y rezar para que Ivan fuese con ella. Para tenerlo sobre ella, dentro de ella.

¿Qué le estaba pasando? Ella no sabía que deseara esas cosas. Nunca las había deseado antes. Era como si la hubiera hechizado, convirtiéndola en otra persona.

–No le deseo –le espetó, con cierto tono de desesperación–. Quiero lo que acordamos y nada más. Desde luego, no estoy interesada en... eso.

–Muy bien, siga engañándose a sí misma.

–Es usted increíblemente arrogante...

–¿He pretendido alguna vez ser de otra forma? –la interrumpió él, con voz serena, oscura–. Dice haberme estudiado, dice conocerme bien. ¿Qué pensaba que iba a ocurrir?

–Pensé que hablaba en serio –lo acusó ella–. Pero estoy harta de sus juegos adolescentes, de sus absurdas demandas y de que no deje de intentar...

No terminó la frase, pero era demasiado tarde. Los ojos oscuros brillaban como nunca.

–¿Por qué no lo dices, Miranda? –le preguntó Ivan, llamándola por su nombre por primera vez–. Puede que consigas lo que quieres.

¿La había llamado antes por su nombre? ¿De esa manera, con ese acento ruso tan seductor? No, estaba segura de que era la primera vez. Pero estaba cansada de traicionarse a sí misma y de que aquel hombre la convirtiese en alguien que no era, en alguien a quien ni siquiera podía reconocer.

–Otro intento de intimidarme.

–No tengo que intentar hacer nada –replicó él, con una seguridad que la asustó–. Solo tengo que entrar en una habitación y empiezas a temblar. Solo tengo que rozarte y te deshaces.

–De asco.

–Tú y yo sabemos que no es así –la contradijo Ivan, con total arrogancia–. Pero puedes negarlo si quieres. Da igual, no es cierto.

Miranda tembló de nuevo, furiosa consigo misma, sabiendo que él creía saber lo que significaba. Lo que significaba, le dijo una parte de ella que se negaba a reconocer.

–Hicimos un trato –le recordó–. Alfombras rojas, lugares públicos. Nadie dijo nada de llamar a los fotógrafos para hacer ridículas insinuaciones.

Ivan sonrió entonces, pero era una sonrisa diferente y Miranda se dijo a sí misma que no quería ver esa sonrisa. Aunque no era cierto.

Él levantó una mano como si fuera a tocar su cara, pero la dejó caer sin hacerlo y Miranda se dijo a sí misma que no le importaba. No le importaba, no podía importarle.

–¿Creías que iba a ponértelo fácil? –le preguntó–. Si quieres ese libro, vas a tener que esforzarte para conseguirlo. Y, seguramente, no te gustará.

–No me gusta, desde luego –replicó ella.

–Entonces, será mejor que te prepares. Mañana nos vamos a Cannes.

Estaba muy cerca, con la cabeza inclinada hacia un lado, como si estuviera besándola. Su boca estaba tan cerca, perversa y deliciosa, y Miranda no encontraba razones para no acercarse más...

Pero eso era una locura. ¿Por qué estaba torturándose a sí misma?

–Voy a tocarte –le prometió él, en voz baja–. Y tú me tocarás a mí. Voy a darte de comer con los dedos ante las cámaras, como hacen los enamorados, y cuando estemos solos, en privado, me dirás cuánto me odias y cuánto me detestas. Pero entonces sabremos la verdad, ¿no?

De nuevo levantó la mano y Miranda pensó que iba a apartar el pelo de su cara, pero de nuevo se detuvo antes de tocarla. Entre ellos había una especie de corriente eléctrica tan potente que la cegaba. Sabía que si la tocaba explotaría... y no sabía qué podría pasar después de eso.

O peor, sí lo sabía. Sabía muy bien lo que podría pasar. Y no sabía por qué sentía tanto miedo como deseo. Por él. Como si estuvieran hechos el uno para el otro.

–No estamos en público –le recordó–. No hay cámaras, no hay reporteros. No puedes tocarme, es lo que acordamos.

–Conozco las reglas.

Miranda respiró una vez, dos veces. Sabía que estaban al borde de un precipicio, por mucho que dijese sobre las reglas o lo que se había dicho a sí misma que quería de aquel retorcido juego.

Lo que quería.

Él bajó la mano y dio un paso atrás, como si le costase trabajo, y Miranda se dijo a sí misma que era un alivio.

–Algún día, Miranda –dijo Ivan, con ese fuego en los ojos– me suplicarás que cambiemos las reglas.

–Antes preferiría morirme –dijo ella. Melodramático, pero cierto.

Ivan sonrió y esa sonrisa conectó de nuevo con su vientre, con su sexo, con esa cosa que despertaba dentro de ella y con la que no sabía cómo lidiar.

–No suelo perder el control de mí mismo. Esa es una de las razones por las que soy quien soy. ¿Tú puedes decir lo mismo?

Eso era lo que más la asustaba, pensó Miranda.

Hasta aquel día, hasta aquel hombre, había pensado que así era. De hecho, se enorgullecía de ejercer un férreo control sobre su vida.

Hasta aquel momento.

Capítulo 6

A LA MAÑANA siguiente, Ivan salió a correr. Y lo hizo con todas sus fuerzas.

Nikolai corría a su lado, sin decir nada, hasta que por fin se detuvo frente a una playa de rocas. Era la clase de sitio con el que había soñado cuando era niño y debería apreciarlo. Y, sin embargo, en lo único que podía pensar era en una mujer estirada cuya orquestada caída debería ser un juego de niños para él. Necesitaba tocarla, tomarla, hacerla suya. Había tenido la oportunidad perfecta para ello aquel día y, sin embargo, no lo había hecho.

No tenía una explicación y eso lo había mantenido despierto durante toda la noche.

No dijo nada mientras volvían al hotel y, a su lado, el silencio de Nikolai era elocuentemente desaprobador. Ivan casi echaba de menos al chico que había sido antes de que lo abandonase para irse a luchar contra el mundo.

Pero ese Nikolai había desaparecido tiempo atrás, perdido en su propia oscuridad, e Ivan se había convertido en una civilizada estrella de Hollywood: urbano, elegante, divertido. Pero, en el fondo, seguía siendo la misma persona de siempre.

Una parte de él sabía que seguía siendo el hijo de un obrero ruso, ni más ni menos que eso.

Y no sabía si reconocía al hombre que lo miraba con los ojos azul glaciar de Nikolai. Había sacado a su hermano de Rusia, como le había prometido cuando eran niños. Lo había apartado de su tío en cuanto pudo hacerlo, pero antes de eso tuvo que dejarlo y los dos seguían pagando por ello.

–¿Esta es tu manera de manejar la situación? –le preguntó su hermano, en voz baja.

–Lo tengo todo controlado, no te preocupes.

–Sí, ya veo cómo lo controlas. Corriendo por Cap Ferrat como si te persiguiera el diablo. No quieres escuchar a tu hermano...

–Porque no quieres ser ni mi hermano ni el presidente de la fundación mientras estamos aquí, e insistes en ser el guardaespaldas que no necesito. Haz tu papel, Nikolai.

–Como tú digas, *jefe* –replicó él, irónico.

Suspirando, Ivan volvió a la villa. Sabía por qué estaba haciendo el papel de guardaespaldas desde la noche en la que el beso apareció en todos los medios de comunicación cuando debería portarse como el vicepresidente de la fundación Korovin. Su hermano estaba preocupado por él. Como si no pudiera seducir y descartar a una mujer, pensó, irritado. Una mujer que lo deseaba, por muchas mentiras que se contase a sí misma.

Pero quería pensar en otras cosas. Quería darse una ducha, cambiarse de ropa y luego pasar una velada romántica con su falsa novia bajo el sol francés, rodeados de cámaras.

Porque eso podía controlarlo y necesitaba sentir que controlaba algo.

Había llegado a un acuerdo con Miranda Sweet y eso significaba que podía tocarla como si fuera suya, como si hubiera ganado. Era su juego y ella no tenía por qué saber lo cerca que había estado de perder la cabeza en dos ocasiones. Lo cerca que había estado de olvidar por qué estaban haciendo aquello.

Lo único que tenía que hacer era obedecer...

La pesadilla apareció de nuevo esa noche.

Siempre era igual: risas en una tarde de verano, la brisa entrando por las ventanillas de un coche pequeño, el canto de las cigarras, el ambiente húmedo y caluroso. Y un beso perfecto y dulce que no terminaba nunca y hacía que su corazón latiese apresurado mientras recorría el camino que llevaba hacia la casa de ladrillo.

Y, entonces, todo se convertía en una pesadilla de palabras terribles, insultos, dolor y gritos. Sus gritos, que no escuchaba nadie.

Miranda despertó sobresaltada y culpó a Ivan Korovin por abrir la caja de los truenos, pero no había nada que hacer a las cuatro de la madrugada mas que seguir en la cómoda cama con sábanas de algodón egipcio y almohadas de plumas, suaves como nubes, y esperar que las terribles imágenes desaparecieran, que saliera el sol y la salvase de su pasado.

Por la mañana, Miranda se sentó en el balcón de la suite, con un montón de revistas a su lado, el sol de

Cap Ferrat bañándolo todo en oro y aclarando sus ideas.

Había estado a punto de perder los nervios el día anterior. Tanto roce en París, delante de los reporteros, despertaba sentimientos desconocidos para los que no estaba preparada.

Y la pesadilla había sido peor de lo normal. Aunque ya debería conocer a su viejo enemigo...

Y a su nuevo enemigo.

En la portada de una de las revistas, había unas fotografías de ella con Ivan saliendo del deportivo. Si no supiera que todo era una mentira, ella misma creería que entre ellos había un romance, que estaba enamorada de aquel hombre.

Historia de amor en Francia, decía uno de los titulares. Ivan Korovin era un príncipe, adorado por millones de fans, y eso la convertía a ella en Cenicienta.

No le gustaba nada la comparación, especialmente porque era falsa.

Miranda se envolvió en un chal de cachemira de color caramelo, pensativa. Ivan podía ser un hombre arrogante e insoportable, pero sabía elegir prendas femeninas, pensó. El pantalón vaquero corto y la camiseta que llevaba le parecían pobres en comparación con el chal de suave cachemira.

Era como una caricia y eso la hizo pensar en Ivan y en sus dedos, en sus labios. En lo que podría hacer con esas fuertes y maltratadas manos de luchador...

–Por favor, intenta no fruncir el ceño –la voz de Ivan a su espalda hizo que Miranda diese un respingo–. La gente va a pensar que no soy capaz de satisfacerte. Y, si es así, todo esto no servirá de nada.

Miranda no levantó la mirada. No reaccionó. Siguió pasando las páginas de la revista como si no lo hubiera oído, felicitándose a sí misma por mantener la calma. No iba a ponerse colorada, no iba a discutir con él aquel día. De hecho, no iba a dejar que le afectase en absoluto.

–Buenos días –dijo por fin, tomando un sorbo de café–. ¿Te consideras particularmente narcisista o es el resultado natural de tu trabajo?

Miranda sonrió al oírlo suspirar.

–No creo ser más narcisista que cualquier otro hombre.

–Esa certeza tuya de que todo el mundo está fascinado por lo que hagas o dejes de hacer en la cama, no puede ser sana.

Miranda se volvió para mirarlo...

Un error.

Ivan estaba apoyado en la puerta del balcón. Tenía el pelo mojado y una toalla en la cintura. Estaba medio desnudo.

Allí mismo.

Y ese tatuaje suyo era como una advertencia. Era una serpiente enorme, elegante y mortal que bajaba por su torso y su espalda, envolviéndolo como si fuera un tótem. Y tenía otro, escrito en caracteres cirílicos sobre el corazón. Parecía algo así como... MNP.

Miranda se quedó sin aliento. Su pulso latía frenético, tanto que podía sentirlo en los ojos, en los dientes y más abajo.

Pero él se limitó a ofrecerle una de esas sonrisas por las que le pagaban millones de dólares. Que fuese falsa no le restaba potencia como a ella le gustaría, pensó, con cierta desesperación.

Luego dio un paso adelante y alargó una mano para tocar su pelo. Era la caricia de un amante y sintió el extraño deseo de apoyar la cara en su mano... pero entonces recordó dónde estaban.

Y quién era ella.

–¿Qué estás haciendo?

Apenas podía encontrar su voz. Sentía como si el roce de sus dedos la quemase.

–Los paparazzi suelen apostar botes en el mar, frente al hotel. Fingen ser pescadores o turistas y se dedican a hacer fotografías con teleobjetivo. Puedes insultarme, pero hazlo con una sonrisa en los labios, por favor.

Su voz era un insinuante murmullo y Miranda no era capaz de mirar aquel cuerpo masculino semidesnudo, esos músculos brillantes, los fascinantes tatuajes de aquel hombre de acero.

–Muy bien.

Ivan se sentó a su lado, estirando las piernas, y Miranda tuvo que hacer un esfuerzo para no levantarse. No quería que lo viera como una capitulación, una rendición.

Y, con él a su lado, no tenía más remedio que mirarlo.

Pero era como mirar una luz cegadora.

–Imagino que haces esto deliberadamente –dijo por fin.

Se sentía impaciente consigo misma y con aquella absurda reacción que no parecía capaz de controlar.

¿Por qué era la debilidad su primera respuesta cuando la retaban? Se había quedado helada en Georgetown, cuando la besó. Se había quedado inmóvil esperando que alguien la rescatase y eso la asustaba. ¿Por qué no podía ser fuerte cuando era importante serlo?

–¿Qué estoy haciendo? –murmuró Ivan, tomando una revista–. Casi me da miedo preguntar.

–Eso –respondió Miranda, señalando su torso.

–¿Te molesta mi cuerpo?

–Es una guerra psicológica e imagino que ese es tu objetivo.

–¿Estamos en guerra, Miranda?

–Yo tenía la impresión de que tú lo veías todo como una guerra –respondió ella–. Pero si lo es, eso significa que soy el enemigo y tú puedes tratarme como quieras, ¿no?

Los ojos oscuros se clavaron en ella entonces y Miranda, nerviosa, giró la cabeza para mirar el mar en la distancia, notando la suave brisa, el verde de los árboles, el olor de las flores y la hierba recién cortada, el sol cayendo sobre el balcón, bañándolos con su luz dorada...

–¿Es una queja? –le preguntó él–. No eres mi prisionera, si eso es lo que te preocupa. Y estas fotos dejan bien claro que todo está dando el resultado que esperábamos.

–No he dicho que sea tu prisionera.

Ivan se encogió de hombros.

–Si fueras mi enemiga lo sabrías, Miranda. Podría destrozarte la vida.

–Mi vida ya está destrozada por tu culpa –replicó ella–. He aceptado este acuerdo por razones profesionales, pero tú aún no has cumplido con tu parte del trato –Miranda señaló una revista–. Ahí están las fotografías que tú deseabas, pero aún no me has contado nada sobre ti.

Podía ver la tormenta naciendo bajo esos ojos imposiblemente oscuros, aunque su expresión seguía siendo aparentemente serena. Sin duda quería que lo fotografiasen como si estuviera mirándola con arrobo.

–Si quieres saber algo, pregúntalo –dijo por fin–. Si estás esperando que yo te cuente algo voluntariamente, vas a tener que esperar demasiado.

–¿Por qué has decidido dejar Hollywood y dedicarte al mundo de la filantropía? –le preguntó Miranda.

–Hay otras maneras de luchar –respondió–. Tal vez, mejores maneras.

–¿Por qué empezaste a luchar?

Él se movió en la silla, claramente incómodo. Incluso le pareció ver un brillo de tristeza en sus ojos.

–Se me daba bien.

Miranda dejó escapar un profundo suspiro.

–Esa no es una repuesta.

–Es la respuesta correcta a esa pregunta en particular –dijo Ivan, con tono implacable.

Pero Miranda empezaba a preguntarse qué había tras esa mirada. ¿Era tristeza lo que veía en el fondo de sus ojos o algo completamente diferente? ¿Algo peor?

–Tampoco esa es una respuesta.

–Entonces, tal vez deberías hacer mejores preguntas.

–Si no sabes contar tu propia historia... ¿cómo voy a confiar en que me cuentes nada que sirva para mi libro?

–Sé lo que quieres –dijo él–. Quieres saber si nací siendo el monstruo terrible que tú quieres que sea, una perfecta máquina de matar. O, tal vez, si hago lo que hago por desesperación, si uso los puños para escapar de algo terrible. Ya sé lo que piensa de mí, doctora Sweet, no tengo la menor duda de que espera una historia que haga juego con el personaje que se ha inventado. Pero solo una de esas cosas ocurrió en realidad.

–¿Es así como cumples tus promesas, Ivan? –le preguntó Miranda, como si no sintiera una terrible curiosidad–. Yo estoy haciendo todo lo que puedo para cumplir mi parte del trato y tú ni siquiera eres capaz de responder a una sencilla pregunta.

–Sí, claro. Esto es un sacrificio para ti, siempre se me olvida.

No le gustó cómo dijo eso. No le gustó nada.

¿Cuándo había empezado a importarle? ¿Y qué podía significar?

Temía que no le gustara la respuesta a ninguna de esas preguntas, de modo que decidió olvidarlo.

Pero no podía fingir que no la había sorprendido. Sorprendido, mareado, desconcertado. Y estaba harta de sentirse así. Quería creer que era el jet lag o el efecto de las pesadillas. Se decía a sí misma que era por eso.

–Por supuesto que es un sacrificio. No me gusta que me toquen.

Miranda no podía creer que hubiera dicho eso en voz alta. Si pudiese retirar las palabras, lo haría.

Ivan la miró entonces con cara de sorpresa.

–No te gusta que te toquen los hombres brutos y maleducados como yo. Imagino que es un tremendo sacrificio para ti. Tanto que estás dispuesta a lanzarte desde el balcón para acabar con tal sufrimiento.

–No quería decir eso –replicó Miranda, molesta–. Quería decir en general, no solo tú.

No podía estar diciendo esas cosas. Era imposible. Él sabía que era imposible. La había tocado en París, la había besado en Georgetown. Había visto cómo Miranda se debatía, pero luego se apoyaba en él. Había notado su exquisita respuesta, los temblores de su cuerpo, y sabía que eran reales.

–¿Qué estás diciendo?

Miranda apartó la mirada y apretó los labios, como intentando calmarse.

–Lo que acabo de decir –murmuró, encogiéndose de hombros, un gesto defensivo que la traicionaba y que Ivan encontraba fascinante–. Yo creo que el cerebro está por encima de las necesidades del cuerpo.

–¿Ah, sí?

–Yo he llegado donde estoy gracias a ello –Miranda lo miró como si esperase que la contradijera, pero Ivan se limitaba a mirarla en silencio–. Siempre me he concentrado en los estudios, en el trabajo. El sexo es algo que... –el rubor de sus mejillas se intensificó– nunca ha tenido importancia en mi vida.

–Entonces, eres frígida.

Ivan sabía que no existía tal cosa, ¿pero lo sabría ella? ¿Era posible que no lo supiera? ¿O era aquel un juego retorcido con el que pretendía reírse de él?

–No, claro que no –respondió ella, como ofendida por tal afirmación.

–¿Eres virgen? –Ivan no pudo evitar la pregunta ni la sonrisa que siguió, como si fuera el neandertal que ella lo acusaba de ser. No debería importarle, no debería preguntarse siquiera cómo sería ser el primer hombre para Miranda Sweet–. ¿Casta y virgen?

–Sí –respondió ella, claramente molesta–. Y también soy un unicornio. ¡Sorpresa!

–Entonces, dime lo que significa, no te entiendo –insistió él–. El cuerpo y la mente no son entidades separadas, Miranda. Imagino que te habrán enseñado eso en la universidad. No se puede elegir entre uno y otro.

–Ya sé que tú piensas eso, pero yo no estoy de acuerdo.

–¿Cómo crees que me convertí en el luchador más importante de mi generación? Porque eso es lo que soy. ¿Cómo imaginas que me obligo a mí mismo a entrenar todos los días cuando me duele todo y solo hay más de lo mismo frente a mí, día tras día?

–¿Masoquismo?

Ivan soltó una carcajada. No, el entrenamiento no lo había convertido en masoquista.

–Mi mente –respondió–. Sí, doctora Sweet, también yo tengo una.

–Si tú lo dices...

–Bueno, háblame de esos amantes tuyos –dijo Ivan entonces, arrellanándose en la silla–. Esos cuyas caricias eran tan poco importantes para ti.

–Algunos hombres se sienten motivados por el intelecto –empezó a decir Miranda, insinuando que él no estaba entre ellos–. Y saben que hay cosas más importantes que el sexo.

Ivan enarcó una ceja.

–Ya.

–No he dicho que no haya tenido relaciones sexuales –se apresuró a explicar ella–. Solo que no es lo más importante en una relación.

–Pero eso no te satisface.

Miranda suspiró.

–Crees que puedes satisfacer a cualquier mujer que se cruce en tu camino, ¿verdad? Vaya, qué sorpresa.

Ivan descubrió, sorprendido, que lo estaba pasando bien.

–Mi mujer es, por definición, una mujer satisfecha.

Ella no parecía impresionada.

–Creo que deberías tomar en consideración la posibilidad de que todas finjan para preservar tu enorme ego.

–¿Quieres que te lo demuestre? –la retó Ivan.

Y quería hacerlo, más de lo que sería aconsejable. Su pelo rojo brillaba como el fuego bajo el sol. La deseaba. A pesar de su intelecto, a pesar de la razón, a pesar de todo aquello que ella creía que le faltaba. Tal vez estaba en lo cierto, tal vez con ella se convertía en el animal que la doctora Sweet creía que era.

–¿Por qué ibas a hacerlo? Yo no soy tu mujer.

–Pero yo podría hacer que tuvieras un orgasmo –dijo Ivan entonces y no solo para verla saltar de la silla, aunque debía admitir que resultaba divertido–. Y lo haré. Es inevitable.

–Otra vez hablando de sexo –Miranda suspiró, como la seria profesora que era, como si no se hubiera puesto colorada. Como si no respirase con dificultad.

Como si no supiera que él se daba cuenta de todo eso.

–Es que debemos hablar de sexo –dijo Ivan–. Eso es lo que el mundo entero quiere ver y eso es lo que tenemos que darles.

–Todo es un juego –replicó ella, con los labios temblorosos–. No es real.

–Olvidas la química que hay entre nosotros. ¿De verdad crees que podríamos engañar a alguien si no hubiera química entre nosotros?

–Por supuesto que sí –respondió ella, como si estuviera intentando convencerse a sí misma. Casi con desesperación–. Al fin y al cabo, tú eres actor.

–Sí, Miranda, pero tú no lo eres.

Capítulo 7

UN DÍA daba paso a otro, con el precioso mar azul ante ellos, el cielo de color cerúleo sobre sus cabezas, la belleza del paisaje que los rodeaba. Y luego estaba Ivan, en medio de todo ello, oscuro, atractivo y poderoso, haciendo su papel demasiado bien.

Cuando salían del hotel, las cámaras los seguían a todas partes grabando cada uno de sus movimientos, como él le había dicho que ocurriría. De modo que Miranda no tenía más remedio que hacer el papel de amante enamorada viviendo un tórrido romance. Significara lo que significara eso.

Y la verdad era que no lo sabía. ¿Cómo iba a saber ella lo que era un tórrido romance?

Pero estaba aprendiendo rápidamente. Al menos, los gestos que debían acompañarlo.

–Siento mucho que no te guste tocarme –le había dicho Ivan el primer día, después de esa incómoda conversación en el balcón de la suite–. Pero me temo que no hay otro remedio.

–Ya sé que no hay remedio –replicó ella, irracionalmente furiosa, tal vez por su tono burlón o porque odiaba que supiera algo sobre ella, especialmente algo tan personal, cuando supuestamente estaba allí para descubrir todos sus secretos.

O porque Ivan Korovin pensaba que podía hacerla suspirar por él.

–Además, no me he quejado –siguió–. Has sido tú quien ha empezado a hablar de sexo, sin duda para hacerme olvidar que te niegas a responder a mis preguntas.

–Sí, claro –asintió él, riendo–. Y también porque me gusta el sexo. Una pena que a ti no te guste. Podría ser divertido.

–«Divertido» no es la palabra que yo usaría para describir el sexo contigo –replicó Miranda.

Y entonces, de repente, Ivan tomó su cara entre las manos para obligarla a mirarlo.

Controlándola. Emocionándola.

«Deja de hablar de sexo con este hombre», se ordenó a sí misma.

–Tampoco es la palabra que yo usaría, pero es la única que no va a asustarte.

–No estoy asustada –protestó Miranda.

Pero sentía el calor de los ardientes ojos negros sobre su boca como si hubiera puesto un dedo sobre sus labios.

–No, claro –dijo él, burlón–. No estás asustada en absoluto.

Durante esos días, Ivan la tocaba a todas horas. Seguramente porque sabía que le molestaba, pero el brillo de sus ojos negros le hizo pensar que le gustaba tocarla y no solo para sacarla de quicio. Y eso hizo que se preguntara qué palabra hubiera elegido él para definir el sexo entre los dos.

Aunque era mejor no pensar en ello.

Los días se convirtieron en un laberinto de manos en su cintura, en su cadera, en su espalda. Siempre estaba tocándola, posesivo y exigente a la vez, como si no fueran amantes de mentira, como si él controlase la relación. Esa idea la hizo temblar. Ahí estaba ese fuego, siempre brillando en sus ojos oscuros, sus cálidas y fuertes manos ayudándola a subir o bajar del coche o llevándola por las tiendas de la calle Meynadier, en Cannes, para comprar ropa y tomar aperitivos en las terrazas.

El primer día, Ivan le ofreció un trozo de queso.

–Abre la boca –le ordenó, con tono acerado–. Finge que es una comunión, si quieres. Sin duda, tienes muchos pecados que confesar.

–No soy una niña y no estoy inválida –replicó Miranda, con una falsa sonrisa para los reporteros–. No creo que a nadie le guste ver que me tratas como si fuera...

–¿La seria y rígida profesora que interpretas cuando sales en televisión? –terminó Ivan la frase por ella mientras metía el queso en su boca.

Miranda notó varias cosas al mismo tiempo: el sabor del queso y el de sus dedos, mezclado con un peligroso anhelo que cada día era más poderoso.

–No, tienes razón. Eso sería demasiado increíble.

Ella lo fulminó con la mirada, pero en las páginas de las revistas al día siguiente apareció una fotografía que parecía un encuentro entre dos amantes, como un juego erótico, tuvo que admitir Miranda. Como si estuvieran consumidos por el deseo allí mismo, en la calle, delante de todo el mundo. Como si no pudieran disimular.

Se sentía invadida, atrapada, bajo constante ataque.

Y, sin embargo, cuando volvían a la villa, a la realidad que solo podían vivir en privado, una parte de ella echaba de menos esas manos, esa sonrisa, su cruda masculinidad que era tan parte de él y a la que estaba empezando a acostumbrarse.

Debería haberla horrorizado.

–¿Puedo ayudarte en algo? –le preguntó una noche, mientras entraban en la villa.

Habían pasado el día en uno de los pueblecitos de las colinas, paseando por sus calles estrechas, las paredes de piedra repitiendo el eco de sus pasos mientras el corazón de Miranda latía acelerado bajo sus costillas. Y todo porque Ivan apretaba su mano.

–¿Qué?

Entonces se dio cuenta de que se había quedado mirándolo como una tonta. El vestíbulo le parecía un lugar enorme y desierto porque se había acostumbrado a estar pegada a él, a su aroma, a su calor.

¿Qué le estaba pasando?

–¿Te ocurre algo, Miranda? Si quieres algo, solo tienes que pedirlo.

–No –susurró ella, con la garganta seca–. No quiero nada.

Ivan la observó en silencio durante unos segundos.

–Si tú lo dices –murmuró después, cuando casi era demasiado tarde, cuando Miranda casi se había rendido ante el incendio en su vientre, que parecía crecer en intensidad cada vez que estaban juntos.

–Lo digo porque es verdad –mintió antes de dirigirse a su habitación, sin volver la vista atrás porque no confiaba en sí misma.

No confiaba en sí misma en absoluto.

Prefería las inevitables pesadillas a todo aquello en lo que Ivan Korovin le hacía pensar.

A la mañana siguiente, fueron de la mano por el paseo marítimo de la Croisette, un sitio lleno de fabulosas boutiques, hoteles de cinco estrellas y, en aquella época del año, ricos y famosos de todas partes del mundo que tomaban copas en el Carlton rodeados de estrellas de cine, cada grupo más impresionante que el anterior.

Por la noche, cenaron a la luz de las velas en el famoso restaurante La Palme d'Or, frente a la bahía de Cannes, en el famoso hotel Martínez. Ivan le daba pedacitos de *crème brûlée* con los dedos, algo tan decadente, tan intenso, que Miranda pensó que iba a desmayarse de placer.

Tal vez era cómo la miraba, con esa famosa sonrisa suya. Tal vez era el recuerdo de esa masculina promesa.

Tal vez era demasiado bueno en su trabajo.

Ivan la apretó contra su costado frente al mar, mientras miraban los yates con aspecto de estar pasándolo en grande cuando, en realidad, acababan de tener una discusión sobre dónde había puesto las manos. Ivan besó su frente y luego enredó los dedos con los suyos mientras paseaban, mirándola como si estuviese loco por ella.

–Así es como se miran los enamorados –le dijo cuando ella puso los ojos en blanco.

–En las películas –replicó Miranda–. El amor real no tiene nada que ver con esas tonterías. Pero, claro, tú solo sales con mujeres por la publicidad, ¿no? Tal vez eso sea el amor para ti.

–No lo sé –respondió él.

¿No lo sabía?

Todo pareció quedarse inmóvil cuando los dos reconocieron que había compartido algo con ella. Por voluntad propia.

–¿No lo sabes?

–No, no lo sé –asintió él–. No había muchos lujos cuando yo era pequeño y aprendimos a vivir sin ellos. Tal vez el amor es uno de esos lujos para mí.

Miranda se quedó demasiado sorprendida por esa información como para protestar cuando dejó claro que el tema estaba cerrado sacando el móvil del bolsillo para llamar al chófer.

Acudieron a fiestas en lujosos yates anclados en el puerto o en fabulosos hoteles llenos de gente famosa y guapa donde todo el mundo conocía a Ivan. Y él no parecía tener el menor problema para hacer el papel de enamorado. La actriz más famosa de Hollywood a la derecha, el nuevo sex symbol francés a la izquierda y, sin embargo, solo la miraba a ella, a una persona que era famosa por despreciarlo.

Y lo hacía tan bien que Miranda estaba a punto de creerlo.

A punto, pero no del todo. Eso sería una estupidez, lo más absurdo que hubiera hecho en su vida.

Esa noche, en el opulento yate de un director de cine italiano lleno de celebridades y prensa de todo el mundo, Ivan la tomó por la cintura en la pista de baile.

Miranda se recordó a sí misma que aquello no era un cuento de hadas, que no estaba locamente enamorado de ella, que solo tenía que parecerlo. No era particularmente encantador, a pesar de su sonrisa, y ella no estaba bajo ningún encantamiento, de modo que no había razón para sentir que era un momento mágico.

No lo era.

No lo era, se recordó a sí misma una vez más. Solo era un baile, una interpretación para las cámaras. No era real.

Y, sin embargo, las manos de Ivan parecían dejar una marca en su piel.

Llevaba una chaqueta de color claro sobre una camisa blanca, como si se hubiera vestido a toda prisa con la despreocupación de la estrella de cine que era, atractivo, irresistible, haciendo que todo el mundo lo buscase con la mirada, destacando entre aquella gente guapa y famosa.

Con cada paso, cada movimiento, la apretaba más y más contra él, hasta que eso era lo único en lo que podía pensar, lo que podía desear...

–¿Estás preparada para mañana? –le preguntó Ivan entonces.

Tan desconcertada estaba que tardó un momento en entender.

–¿Cómo? Ah, la alfombra roja –murmuró, esperando que no hubiera notado su vacilación. Esperando que no se diera cuenta de que estaba distraída pensando en él. Aunque así fuera.

–¿Estás lista? –repitió él.

Todo aquello era demasiado. La gente, la música, Ivan. Cómo sujetaba su espalda, haciendo que sus cuerpos entrasen en contacto. Todo aquello era demasiado y no podía pensar con claridad.

–Me da igual la alfombra roja. Es a ti a quien importa. Lo que a mí me interesa es saber algo sobre ti y, a pesar del acuerdo al que llegamos, sigues sin contarme nada.

–Mis padres murieron en el incendio de la fábrica en la que trabajaban cuando yo tenía siete años y Nikolai cinco – dijo Ivan entonces abruptamente–. A partir de entonces fuimos a vivir con nuestro tío, a quien solo le gustaba el vodka y el boxeo. Nikolai empezó a beber poco después y yo me dediqué a pelear –añadió, mirándola directamente a los ojos, como esperando su reacción–. Y aprendí a odiar a mi tío con toda mi alma. Nos pegaba cuando volvía a casa borracho y me entrené sin descanso para enfrentarme con él.

Miranda tenía miedo de moverse, de respirar. Ivan parecía más frío y aterrador que nunca y, sin embargo, Miranda sentía pena por él. Pero ¿cómo ella, su enemiga, podría darle consuelo?

–Por eso empecé a pelear –siguió, unos segundos después–. ¿Ya estás contenta, Miranda? ¿Eso me hace diferente a tus ojos? ¿Me convierte en algo que no sea un neandertal?

–Te hace humano –respondió ella.

–Exactamente lo que tú no quieres que sea –replicó Ivan.

Miranda tardó un momento en entender lo que quería decir, pero al final lo hizo: Ivan sabía cuánto deseaba mantener una opinión negativa de él y estaba en lo cierto.

Pero no sabía por qué.

El equipo de estilistas descendió sobre ella al día siguiente, como una plaga de langosta, mientras la pesadilla de la noche anterior seguía fresca en su cabeza.

–No pueden tardar todo el día en arreglarme para pasear durante minuto ante las cámaras –protestó cuando Ivan anunció durante el desayuno que los preparativos empezarían unos minutos más tarde.

–¿Lo dices por tu experiencia en apariciones en la alfombra roja? –se burló él.

–Ah, claro, tú eres el experto –replicó Miranda, irónica–. Como siempre.

Luego, se encerró en su habitación para alejarse de su incisiva mirada, con un grupo de cinco personas que se movía a su alrededor, arreglándole el pelo, perfilándole las cejas, pintando sus uñas...

Habría sido muy aburrido si no pensara en Ivan.

«Yo podría hacer que tuvieras un orgasmo».

La tocaba a todas horas. La apretaba contra su torso, bailaba con ella y la hacía desear cosas que no había deseado nunca. Y, a pesar de su experiencia, a pesar de todo lo que sabía sobre ella misma, casi creía que podría hacerlo.

Era como una especie de revolución.

No debería hablar de sexo con él en absoluto. ¿Por qué invitar al lobo a entrar en su casa? Hablar de sexo significaba que se quedaría allí, agazapado, nublándolo todo y haciendo que las pesadillas fuesen más vívidas, más aterradoras.

La clase de sexo de la que sospechaba que hablaba Ivan nunca había sido algo importante para ella. Era muy joven cuando se escapó de la casa de sus padres para buscar refugio en la Universidad de Yale y no mantuvo relaciones con ninguno de sus compañeros...

Los años del doctorado en Columbia habían sido diferentes. Por fin había tenido lo que ella consideraba una relación estupenda con dos hombres a los que había conocido en la facultad, una durante diez meses, la otra durante más de un año. Los conocía bien a los dos antes de empezar la relación y se sentía cómoda con ellos antes de que hubiese besos y caricias. Y había pensado que el sexo estaba bien, que era una buena manera de conectar con la otra persona. Muy agradable, pensó, pero, en su opinión, la gente exageraba su importancia.

Nunca se le había ocurrido hasta ese momento que tal vez los dos hombres con los que había salido no eran precisamente buenos en la cama. O que no lo era ella.

Eso fue como una segunda revolución, una avalancha interna.

Ivan, evidentemente, era bueno en la cama. De hecho, exudaba tal seguridad en su masculinidad que casi daba miedo.

Miranda se miró en el espejo del cuarto de baño mientras el maquillador y el peluquero la convertían en otra mujer, esperando que nadie se diera cuenta de que se había puesto colorada.

Suspirando, pensó en las manos de Ivan en su espalda, en sus brazos sobre su hombro, en esa intensidad suya. Era todo lo contrario a lo que ella conocía, de modo que era lógico que estuviese tan desconcertada.

Cada vez que la miraba sentía como si estallase en llamas, lo cual era desconcertante.

No sabía lo que eso significaba, pero la verdad era que no odiaba tanto que la tocase como había pensado, por muchas veces que intentase fingir que le repugnaba.

Y decía que podía hacer que tuviese un orgasmo...

Lo decía con total seguridad, con la misma tranquilidad con que le había dicho que escuchase los mensajes de su móvil en Georgetown, como si no tuviera ni la menor duda de que sería así.

No era capaz de quitarse eso de la cabeza.

–Estás guapísima –le dijo uno de los estilistas, con un acento de Nueva York que le recordó su casa–. Como Cenicienta.

Aquel era un acuerdo entre Ivan y ella, no un cuento de hadas, pero no podía decirle eso. Tenía que fingir. Tenía que sonreír como si Ivan Korovin fuese el príncipe azul y su hada madrina al mismo tiempo, además de una celebridad y un hombre que llamaba la atención en todo el mundo.

De modo que tuvo que asentir, sonriendo. Tenía que actuar como si encontrase a Ivan tan fascinante como lo encontraban los demás.

No sería la primera vez que pagase un alto precio por algo que no debería desear. Lo único bueno que podía salir de aquello era que no volvería a hacerlo nunca...

Había perdido a su familia la primera vez y no perdería nada más si podía evitarlo, de modo que no dijo una palabra.

Cuando por fin llegó al vestíbulo de la villa se sentía como una extraña y *parecía* una extraña. Apenas reconocía a la criatura que había visto en el espejo, aunque había lanzado las exclamaciones de rigor ante los estilistas porque era lo que todos esperaban.

Todo era parte de su trabajo, imaginaba. Su interpretación.

Al final de la escalera, un hombre esperaba con dos móviles en la mano y un gesto impaciente mientras revisaba mensajes.

–Hola. Soy Miranda...

–Su objetivo esta noche es guardar silencio –le advirtió el joven, moviendo los dedos rápidamente sobre la pantalla de uno de los móviles–. Pero que no parezca forzado.

–¿Y quién es usted?

–Me encargo de la publicidad de Ivan, de modo que debe seguir mi guion al pie de la letra.

–¿Qué guion, si no puedo hablar? –bromeó Miranda.

–Quiero decir...

–Yo no soy actriz –lo interrumpió ella.

–No le hace falta serlo. Lleva años hablando en televisión contra Ivan, pero ahora estamos vendiendo una historia de amor.

Ella lo miró, perpleja.

–¿Y esa gran historia de amor me ha dejado muda? Qué romántico.

–Craig –escucharon la voz de Ivan, desde la puerta del salón.

El hombre miró a Miranda y ella le devolvió la mirada como si fuera un alumno recalcitrante. No sabía cuánto tiempo hubiese durado esa batalla de miradas, pero uno de los teléfonos empezó a sonar y Craig se alejó para responder.

De modo que Miranda tenía que mirar a Ivan. Se tomó su tiempo, con una mano en la barandilla de la escalera, y cuando por fin reunió valor para mirarlo, él ya se había acercado.

Demasiado.

Estaba más guapo que en los carteles de sus películas como el personaje de Jonas Dark y tenía un aspecto diez veces más peligroso. Llevaba un esmoquin con el que Miranda lo había visto en cientos de fotografías y, sin embargo, le parecía diferente esa noche, en aquella villa, en aquel sitio particularmente hermoso de la Costa Azul.

Con un vestido de noche y el rostro maquillado por profesionales, ella parecía alguien que tendría sitio en su vida, pensó. Con aquel hombre. Ese había sido el objetivo de los estilistas, ¿no? Hacer que una profesora de la Universidad de Columbia pareciese la clase de mujer que iría del brazo de Ivan Korovin a un estreno cinematográfico.

Sus ojos oscuros se clavaron en ella, tomándose su tiempo para admirar el vestido rojo que llevaba, un color que ella siempre evitaba como la peste por su pelo rojo, pero nadie le había pedido opinión. Ni sobre el estilo ni sobre el color ni sobre cualquier otra cosa.

Ivan lo había elegido y ella debía ponérselo, ese era el trato.

Debería encontrarlo ofensivo, pero en lo único que parecía capaz de pensar era en lo imposiblemente atractivo que era aquel hombre.

De nuevo, sintió lo que había sentido en París, como si fuera su amante, comprada, adornada y vestida para él

–Espero que te guste –murmuró por fin, con tono inseguro.

–Estira la espalda –dijo Ivan, con voz ronca, alargando una mano para ponerla sobre su hombro–. Este no es un vestido cualquiera, es alta costura. Trátalo con respeto y él te devolverá el favor.

Miranda abrió la boca para decir algo, cualquier cosa, pero sus ojos oscuros por fin se encontraron con los suyos en una especie de colisión y no pudo decir una palabra.

–Ven –dijo Ivan después, tomándola del brazo–. El coche está esperando.

Aquello le parecía demasiado real, pero era imposible porque ella sabía que no lo era. Iban hacia la alfombra roja para lucirse ante los fans y los reporteros que harían fotografías que se publicarían en todo el planeta. Una fantasía para miles de personas. ¿Había algo menos real que aquello?

Y, sin embargo...

Algo se encogió dentro de su pecho. Era el vestido, las joyas que Ivan había elegido para ella, pensó. Llevaba el pelo sujeto en un elegante y elaborado moño alto para mostrar los pendientes y el collar de diamantes, una obra maestra de orfebrería.

La idea de que Ivan los hubiese elegido para ella, como había elegido el vestido, para dar una versión increíblemente sofisticada de sí misma hizo que el corazón de Miranda se acelerase.

Ivan caminando a su lado, como el príncipe soñado por millones de chicas...

Como su propio sueño, tuvo que admitir por fin, un sueño que había enterrado tiempo atrás y no había querido volver a sacar a la luz. Primero, porque no había sitio para eso en la casa de su padre y más tarde porque le había parecido demasiado ridículo, juvenil y vergonzante, un sueño tonto en contraste con sus estudios, sus libros, sus sueños de conseguir una plaza fija en la universidad.

Había creído que tenía que elegir y había elegido.

Sin embargo, mientras se dirigían a la limusina que los esperaba en la puerta, no podía dejar de pensar que aquello parecía un cuento de hadas. Ella iba vestida como una princesa y el mundo entero pensaba que Ivan Korovin era lo más parecido a un príncipe.

¿Sería eso lo que viese al día siguiente en las revistas? ¿Era esa la historia de amor que había inventado Craig, el publicista que parecía detestarla? ¿Se sentiría ella como la protagonista de una película romántica?

Miranda hizo un esfuerzo para olvidarse de todo porque temía ponerse a llorar, a cantar o las dos cosas a la vez. Su trabajo esa noche, se recordó a sí misma, era sonreír y mirar a Ivan con cara de adoración. Fingir que estaba locamente enamorada de él, ni más ni menos que eso.

Los cuentos de hadas y las películas románticas no eran reales. Y tampoco lo sería lo que tenía hacer esa noche.

Además, aquella era una relación temporal. Eso era lo que Ivan y ella habían acordado.

Y se dijo a sí misma que no le dolía en absoluto.

Capítulo 8

ESTÁS lista? –le preguntó Ivan cuando llegó el momento. Cuando la larga fila de coches que esperaban su turno para dejar a sus ocupantes sobre la alfombra roja por fin los dejó en el punto de destino.

Miranda tuvo el urgente deseo de decir que no, que no lo estaba. De decirle que quería volver al hotel. Como si no hubieran ido ya demasiado lejos, como si hubiera alguna posibilidad de escapar.

–Por supuesto –mintió.

Sus ojos negros brillaban con algo que parecía compasión, pero no podía serlo.

–Mi primera aparición sobre la famosa alfombra roja me puso más nervioso que ganar mi primer título –dijo Ivan entonces. Otra confesión, aunque involuntaria, Miranda estaba segura–. Sabía cómo golpear, no cómo posar. Pero no te preocupes, no estarás sola. Yo estaré a tu lado.

Ella tragó saliva.

–No estoy nerviosa, sé que todo va a salir bien.

Su recompensa fue una sonrisa y no la sonrisa pública, la que ofrecía a sus fans y a la que ya se había acostumbrado, sino una privada, íntima. Una sonrisa solo para ella, ligeramente torcida y arrebatadora. Era real, ella sabía que era real, lo sintió en su corazón.

Y eso hizo que no quisiera pensar en nada más durante horas, durante días. Durante mucho más tiempo.

Pero, cuando la puerta de la limusina se abrió, Miranda no tuvo más remedio que aceptar su brazo para enfrentarse con las exclamaciones de la multitud. A un lado de la alfombra había un muro de gente: fans, reporteros, seguridad, todos mirando a las celebridades y a sus acompañantes que recorrían la alfombra roja en procesión.

El publicista de Ivan se hizo cargo de ellos inmediatamente, llevándolo de un reportero a otro. Interrumpía las entrevistas que duraban demasiado o hacían preguntas a las que Ivan no quería responder, les decía dónde debían mirar, cuándo saludar, cuándo sonreír.

Y ellos hacían exactamente lo que se esperaba, pensó Miranda cuando los llevó hacia las famosas escaleras que llevaban al interior de la sala de cine.

–Has sobrevivido –dijo Ivan cuando llegaron arriba.

–Y no ha sido fácil –respondió ella, sin poder evitar una sonrisa espontánea, una sonrisa tan real como la de él unos minutos antes.

Ivan pareció sorprendido... y algo más, aunque no podría ponerle nombre.

–*Milaya* –murmuró, tan bajito que era apenas un susurro, con un tono tan dulce que parecía una disculpa. Pero eso era imposible.

Luego, la tomó por la cintura para apretarla contra él, con esa seguridad que la hacía temblar, con esa gracia masculina que era solo suya... antes de buscar sus labios.

Miranda sintió que estaba a punto de desmayarse. No había nada más que Ivan. No había ruidos, ni gente, ni fotógrafos, ni alfombra roja, ni Cannes. Solo su boca apretada contra la suya.

Por fin.

Y se olvidó de todo lo demás. Lo deseaba con todas sus fuerzas, quería perderse completamente en él. Pero entonces, después de unos segundos, él se apartó. No del todo, pero sí lo suficiente como para que Miranda recuperase el sentido común.

Ivan sujetaba su cintura con una mano, la otra acariciando su mejilla como si fuera a besarla en cualquier momento.

El corazón de Miranda latía como loco.

Y entendió entonces, con cierta resignación, que lo que sentía por aquel hombre era más profundo y más complicado de lo que le gustaría admitir. Aunque eso no cambiaba nada.

Todo aquello estaba preparado, ensayado. Ivan lo había hecho cientos de veces para sus fans.

Por supuesto que sí.

Y se sintió avergonzada. No podía creer que hubiera sido tan tonta, tan ingenua. Aunque solo fuera durante unos segundos. El vestido de Cenicienta no cambiaba la verdad de la situación, al contrario.

Y tampoco cambiaba lo que sentía por él, lo cual la avergonzaba aún más.

–¿Por qué me has besado aquí? –le preguntó, con voz estrangulada–. ¿Por qué no en medio de la alfombra roja, donde todos podrían verlo?

Casi le daban ganas de llorar.

–Porque entonces parecería ensayado –respondió

él, con devastadora sinceridad–. Aquí podríamos creernos a salvo de los fotógrafos, que nos habrían pillado robándonos un beso. Es irresistible para mis fans.

Pero, entonces, Miranda descubrió algo en sus ojos: Ivan estaba fingiendo. Esa frialdad no era real. También él sentía aquello, pero intentaba disimular. Estaba intentando ser Ivan Korovin, el hombre que no sentía nada.

Aunque lo sentía. Como lo sentía ella.

¿No había sabido desde el principio que sería así? ¿No lo había sentido al ver su fotografía en una revista, la fotografía que la había llevado hasta allí? ¿No había sospechado que un día él la tocaría de ese modo, que la besaría, poniendo su mundo patas arriba?

Pero aquello no era un cuento de hadas, aunque pudiese parecerlo. Y, aunque Ivan sintiera algo, no estaba dispuesto a admitirlo.

No debería dolerle.

No debería importarle. Y, algún día, pensó, no le importaría.

Con el tiempo olvidaría el brillo de sus ojos. Cuando todo terminase. Cuando fuese libre de Ivan Korovin y de todo aquello que sentía y no debería sentir.

Cuando fuese ella misma otra vez.

–Espero que no se me haya corrido el carmín –murmuró, haciendo un esfuerzo para volver a interpretar el papel y evitar que sus ojos se llenasen de lágrimas. Incluso sonrió de nuevo, como si todo fuese una broma.

Tal vez era mejor actriz de lo que había pensado.

Pero, entonces, sus ojos oscuros se clavaron en los suyos y en ellos vio un brillo de agonía, de dolor por lo que no podía ser.

No debería importarle, pero le importaba.

–No, claro que no –murmuró Ivan–. Recuerda que soy un profesional.

Y luego la besó de nuevo porque tenía que hacerlo o porque quería hacerlo, no lo sabía. Aquello era demasiado complicado, pero nada parecía importar cuando se apoderó de su boca.

Exigente, ardiente.

Ivan.

Miranda le devolvió el beso, aunque sabía que no era real. Aunque había verdades que no quería aceptar. Terribles verdades.

Como que se hubiera enamorado del hombre al que había jurado odiar cuando sabía que él solo estaba jugando.

Pero no podía pensar en eso porque estaban en público y temía ponerse a llorar. Aquella era una interpretación, de modo que lo besó, con todo eso que no podría decirle nunca, con su dolorido corazón y con ese latido en su sexo que solo él podía despertar. Y se dijo a sí misma que era lo mejor que podía hacer, lo único que podía hacer.

Y fue terrible y maravilloso al mismo tiempo, cambiándola para siempre frente a todas esas cámaras, frente al mundo entero.

El avión se dirigía hacia Los Ángeles desde Nueva York, donde habían dejado a Miranda, con Ivan mirando por la ventanilla como si hubiera algo más que nubes frente a él.

–Parece que tenías razón –dijo Nikolai, sentándose a su lado.

–Siempre tengo razón –replicó Ivan, con una sonrisa en los labios–. Hoy he leído que soy el hombre más atractivo del mundo según mis fans de Filipinas. ¿Tú puedes decir lo mismo?

–Un título estupendo –bromeó Nikolai–. Y, sin duda, sería un gran consuelo para nuestros padres, si hubieran vivido para verlo.

Ivan solo recordaba vagamente a sus padres, pero estaba seguro de que su vida les hubiera parecido vacía y absurda. Sin duda, eso era lo que Nikolai quería decir y esa noche él estaba de acuerdo.

–Tal vez te haya subestimado, hermano –siguió Nikolai.

¿Había una nota de admiración en su voz? ¿Y por qué lo dejaba tan frío?

–Cuando dejamos a tu profesora en Nueva York se mostró más amable que de costumbre. Creo que la tienes comiendo en la palma de tu mano.

Ivan no dijo nada. No podía decirlo porque, cuando la acompañó al coche que la esperaba en el aeropuerto, tuvo que admitir que no quería dejarla ir. No quería dejar de verla.

No sabía qué había pasado en Cannes o qué había ocurrido entre ellos en la alfombra roja. No quería pensar en ello, pero aún podía sentir sus labios, calientes y dulces. Aún podía ver el brillo de sus ojos. No tenía sentido, y sin embargo, le había afectado como nunca.

Nada de aquello debería estar pasando.

Podía ver la fotografía de los dos en su cabeza, brillante y a todo color. Ese primer beso en la alfombra roja de Cannes, cómo lo miraba Miranda, como si de verdad la suya fuese una historia de amor, una historia demasiado intensa como para ponerla en palabras.

Casi había olvidado dónde estaban cuando la besó por segunda vez. Porque tenía que hacerlo.

Todo eso estaba en las fotografías, para que lo viese todo el mundo en Internet, en televisión, cuando aún lo conmovía como una sorpresa privada, íntima.

Su objetivo estaba bien claro: primero, iba a seducirla y, luego, la descartaría públicamente, haciendo que nada de lo que dijera sobre él a partir de ese momento tuviese valor. Todo el mundo lo achacaría a la ira de una mujer despechada.

Sencillo, fácil. Exactamente lo que merecía después de haberlo insultado públicamente.

Pero nada iba como había planeado. Había esperado desearla porque sentía debilidad por las mujeres inteligentes y aristocráticas, pero aquello era otra cosa.

Siempre había querido lo que no podía tener, las cosas que podían destruirlo... era algo genético seguramente. Pero también había esperado odiarla o despreciarla y no entendía por qué no era así. O por qué le había contado cosas que no le había contado a nadie más.

O qué le había pasado para que no se reconociera a sí mismo.

Él no era un hombre que se encariñase fácilmente con nadie. Había querido a sus padres como cualquier hijo y había intentado querer a su tío hasta que su brutalidad lo hizo imposible. Había admirado a su primer entrenador, el hombre al que consideraba su salvador, hasta que intentó robarle cuando ganó su primer título.

Y quería a Nikolai, siempre lo querría. Pero Nikolai era una sombra de lo que había sido.

Y Miranda...

Maldita fuera.

–Nos veremos en diez días –le había dicho frente a la puerta del coche, sujetándola por la cintura porque no era capaz de soltarla.

–Sí –asintió ella. No lo miraba e Ivan tuvo que levantar su barbilla con un dedo para ver el brillo de jade de sus ojos.

–Miranda...

Pero no había nada que decir y él no podría haberlo dicho aunque lo hubiese.

¿Cómo iba a hacerlo? Era Miranda Sweet, su mayor crítica, su enemiga. Nikolai y él habían puesto en acción aquel plan en Georgetown y no había manera de pararlo. La gala benéfica se acercaba cada día y, con ella, el final de aquella relación fingida. Su venganza, como había planeado desde el primer día.

–¿De verdad crees que me perseguirán? –le había preguntado ella, en voz baja, insegura.

Ivan odiaba que se sintiera insegura. Quería su fuego, su energía, quería que ella sintiera lo que sentía él. La quería de todas las maneras posibles, aunque los dos tuvieran que pagar un precio muy alto por ello.

–¿Los paparazzi? –murmuró, jugando con su pelo, acariciando los sedosos mechones. No había querido dejarla en Nueva York, no había querido dejarla en absoluto–. Sí, imagino que lo harán. No salgas de tu apartamento sin estar preparada.

Lo habían hablado durante el vuelo de París a Nueva York, con ella en silencio, evitando mirarlo directamente. Como si temiera corromperse o algo peor. Habían hablado sobre lo que debería esperar a partir de aquel momento, sobre lo que debería hacer. Sobre lo que debería o no debería decir.

Pero Ivan no podía soportar cómo lo miraba en aquel momento, frente al coche que la alejaría de él, como si fuera una traición. Como si él le hubiera hecho aquello, como si no hubiera estado dispuesta al juego ella misma.

–Podrías haber dicho que no –le recordó, su tono más brusco de lo que pretendía.

Y ella se había puesto tensa, como si le hubiera hecho daño. E Ivan se odió a sí mismo por ello.

–¿Tú crees? ¿Después de que dijeras que eso me convertiría en una hipócrita? Tú sabías que aceptaría, que haría lo que tú dijeses.

–¿Desde cuándo?

–Desde el principio.

Ivan hizo una mueca.

–Le pido disculpas, doctora Sweet. Debo haberme perdido ese involuntario momento de obediencia.

Estaba siendo irónico para borrar esa expresión herida de su rostro.

–Adiós –se despidió Miranda mientras subía al coche–. Que los diez próximos días parezcan tan largos como diez años.

Ivan no pudo disimular una sonrisa al recordar su tono antipático.

–No creo que sea tan fácil como tú crees, Nikolai –murmuró, volviendo al presente.

Su hermano enarcó las cejas.

–Entonces, tienes trabajo que hacer. La gala benéfica...

–Lo sé –lo interrumpió él–. El plan es romper la relación después de la gala.

–Yo recuerdo el plan perfectamente –dijo su hermano–. ¿Y tú?

Se miraron a los ojos, retadores. Si hubiera sido otro hombre, Ivan habría tomado esa mirada por una invitación a sacar los puños. Y, tal y como se sentía en aquel momento, se habría peleado con él, sentimiento de culpa o no. En lugar de eso, miró de nuevo hacia la ventanilla, furioso y sin saber qué hacer.

–Lo que me había imaginado –murmuró Nikolai.

Ivan no tenía respuesta para eso. No podía decir nada.

No sabía lo que quería.

O peor, sí lo sabía.

Más tarde, Ivan estaba en una de las terrazas de la casa que había comprado en Malibú poco después de firmar el contrato para interpretar a Jonas Dark. La casa estaba situada sobre un acantilado, frente al océano Pacífico, casi enteramente hecha de cristal y acero, con puertas correderas que se abrían para dejar entrar la brisa del mar.

El precioso sol de California empezaba a esconderse en el horizonte, haciendo brillar el agua y tiñendo el cielo de tonos anaranjados.

Pero Ivan no se fijaba en nada de eso.

Miranda estaba al otro lado del país y él se sentía más vacío y más solo que nunca.

Y no quería eso. Era una debilidad.

Ella era una debilidad.

Su preciosa sonrisa, tan auténtica, había hecho que Cannes desapareciera. Ivan casi podía escuchar el sonido de su educada voz, la fascinante forma en la que unía las palabras, su dulce tono. La sentía entre sus brazos, ese delicioso temblor cada vez que la tocaba, sus dedos entrelazados.

Saboreaba su boca, adictiva y dulce...

Tenía que cumplir la promesa que le había hecho en Cannes. Una y otra vez.

Y no solo porque fuera parte de su maldito plan.

Aquellos diez días iban a parecerle diez años, como ella había dicho.

«No he terminado contigo, doctora Sweet», pensó, como si Miranda pudiese oírlo. Como si eso pudiera cambiar algo.

–Ivan, tengo que enseñarte algo –dijo Nikolai desde el interior de la casa.

–Y seguro que no va a gustarme –murmuró él, volviéndose para mirar a su hermano.

–No, no te gustará.

Ivan siguió a su hermano hasta una sala con una enorme pantalla de televisión que dominaba toda una pared. Nikolai presionó el botón de un mando y en la pantalla apareció Miranda, como si la hubiera conjurado al pensar en ella.

Tenía un aspecto elegante y sereno frente al edificio de Manhattan en el que vivía, tan tranquila como si diera ruedas de prensa todos los días. Como si estuviera encantada de hacerlo.

No parecía dolida, herida o triste. Al contrario, estaba sonriendo para las cámaras como si no se hubiera sentido más feliz en toda su vida.

–¿Qué es lo que no iba a gustarme? –preguntó Ivan.

–Espera –respondió su hermano.

Los reporteros estaban haciéndole preguntas, algunas especulativas o sorprendentemente estudiadas, algunas absurdas. Otras, sencillamente groseras.

–¿No odia a Ivan Korovin, doctora Sweet? –le gritó alguien–. ¿No dijo una vez que su objetivo en la vida era destruirlo?

Miranda sonrió misteriosamente.

–Hay muchas maneras de destruir a un hombre –respondió. Esa sonrisa era un arma que Ivan desconocía, pero que sintió como un cuchillo en la yugular–. ¿No le parece?

Los periodistas seguían haciendo preguntas, pero Ivan apenas las escuchaba, concentrado en el rostro de Miranda, que miraba las cámaras como si estuviera mirándolo a él.

Podía ver el brillo de reto en sus ojos de color jade al otro lado del país y reconoció en ella a una formidable oponente.

Una oponente de sonrisa traviesa y familiar, pensó. Una obra de arte.

Era, se dio cuenta entonces, su propia sonrisa.

Miranda la había aprendido de él en Francia y no sabía si admirarla por ello o enfadarse porque la usara en su contra. Aunque él hubiera planeado hacerle cosas peores.

–¿Sigue pensando que Ivan Korovin es una persona violenta? –le preguntó un reportero.

–Es el bárbaro a las puertas –respondió ella.

Con esa sencilla palabra, bárbaro, le recordó que

siempre había pensado que era un neandertal. Y todos rieron, como si compartiesen la broma con ella.

Ivan apretó los dientes, haciendo un esfuerzo para respirar mientras ella se encogía de hombros mirando a la cámara.

–Así que lo he dejado entrar.

Tenía que cumplir la promesa que le había hecho, pensó Ivan entonces, la furia que sentía dando paso a una extraña paciencia.

La misma que sentía antes de destrozar a cualquier oponente que se atreviera a retarlo.

Él siempre cumplía sus promesas y la haría gritar su nombre, como si fuera su dios. Como el bárbaro que Miranda creía que era. Y sería un placer hacerlo, además.

Y cuando la hubiese destruido, se dijo a sí mismo que no le importaría en absoluto.

Miranda bajó del avión, respirando la brisa cálida del mes de junio en Los Ángeles y admirando las palmeras que subían hasta el cielo.

Estaba decidida. El viaje a Francia había sido un desastre y en parte era culpa suya. Había perdido la cabeza y eso lo había complicado todo.

El suyo era un acuerdo entre dos adultos, no un cuento de hadas. Los cuentos de hadas eran para los niños y había llegado la hora de actuar como una adulta.

«¿Te parece sensato declararme la guerra?», le había preguntado Ivan por teléfono, poco después de que se enfrentase con los paparazzi en Nueva York. Poco después de que decidiera reclamar esa parte suya que parecía haber perdido en Cannes.

–Tú eres un campeón de artes marciales y una estrella de cine –respondió Miranda–. Pero en el tribunal de la opinión publica, creo que ahora estamos a la par.

–Eso es porque aún no nos hemos peleado –replicó Ivan.

Él no podía evitar la pelea, hiciera lo que hiciera, y Miranda lo sabía. Lo sabía tan bien que había invadido sus sueños.

Se despertaba de madrugada, cubierta de sudor, temblando de la cabeza a los pies por las vívidas imágenes que aparecían en su cabeza, demasiado carnales, demasiado reales.

Las imágenes de Ivan se mezclaban con sus pesadillas de siempre: veranos pasados mezclados con la brisa de Cannes y Cap Ferrat. Ivan aparecía en la vieja pesadilla como si también se hubiera hecho dueño de ella.

Pero nada de eso importaba, se dijo a sí misma, sentada en el coche que había ido a buscarla al aeropuerto, mirando por la ventanilla la famosa carretera del Pacífico mientras atravesaban comunidades tan famosas como Venice Beach o Santa Mónica, que conocía por las series de televisión, dirigiéndose hacia el legendario corazón de Malibú.

No debería sorprenderle que Ivan viviera en una casa de cristal, sobre una roca frente al mar. Era una casa abrumadora como el propio Ivan Korovin.

Y exigía atención y respeto, como él.

«Estoy metida en un buen lío», pensó cuando el coche se detuvo frente a la casa, rodeada de palmeras, azaleas y buganvillas.

Miranda bajó del coche y se quedó inmóvil un momento mientras el chófer se alejaba hacia el garaje.

Respiró la brisa del mar, que olía a sal y a flores, mientras miraba las colinas cubiertas de eucaliptos.

Estaba metida en un buen lío, desde luego.

Había pasado esos días encerrada en su apartamento, cinco pisos por encima de las abarrotadas calles de Manhattan, intentando desesperadamente describir su experiencia en Francia con frases académicas. Intentando describir lo que era pasar ese tiempo cerca de un hombre como Ivan Korovin con el vocabulario de una profesora de sociología.

Intentando escribir el maldito libro que haría que todo mereciese la pena.

Y, sin embargo, se había encontrado mirando al vacío, reviviendo los momentos en los que él rozaba su cuello o su cara con los dedos. Sintiendo como si estuviera ocurriendo de nuevo, como si lo tuviese delante, con esa oscura promesa en sus ojos.

Era patético. Por no decir peligroso.

Pero ya daba igual, pensó entonces. No importaba. Había sido tan ingenua...

¿Cómo podía haber esperado que un hombre como él no la afectase? Por supuesto que la había afectado y debería haber imaginado que sería así. Sospechaba que Ivan sabía bien lo que estaba haciendo y ella debería haberlo anticipado.

Pero ya lo sabía y no podía seguir afectándola, ¿no? Por mucho que sintiera por él.

El aire pareció cambiar entonces, aunque no oyó

ningún ruido. Ninguna advertencia. Solo un inefable e inexplicable cambio en el ambiente haciendo que el vello de su nuca se erizase.

Y cuando volvió la cabeza, él estaba allí.

Capítulo 9

IVAN estaba en el quicio de la puerta, imposiblemente alto y formidable, los brazos cruzados sobre el pecho desnudo, los tatuajes sinuosos y seductores, sus ojos negros clavados en ella, como los había visto en sueños, haciendo que le diese vueltas la cabeza.

Tal vez era el inevitable efecto que aquel hombre ejercía sobre ella. Aquel hombre que solo llevaba un pantalón oscuro. bajo de cadera, y los pies descalzos.

Se le quedó la mente en blanco y sintió que le ardía la cara. Si no entendiese el porqué de tal reacción, pensaría que era una repentina enfermedad. Si no supiera que era él. Siempre era Ivan. Aquel desierto en su garganta, aquel incendio entre sus piernas, la sensación de estar sin aliento...

Ivan.

Sus miradas se encontraron entonces y Miranda pensó que había estallado una tormenta, un repentino torrente de rayos y truenos, pero el cielo de California era de un azul limpio, transparente.

Era Ivan.

Él era la tormenta y Miranda temía que estuviera ya dentro de ella, cambiándola, arrancando sus raíces y destruyéndola sin tener que hacer nada más que mirarla de ese modo.

Ivan esbozó una sonrisa, pero ella no cometió el error de pensar que era una sonrisa alegre. Ni siquiera era una sonrisa en realidad.

Luego, levantó una mano y le hizo un gesto con un dedo para que se acercase, como un príncipe ruso llamando a una campesina y esperando obediencia inmediata.

–¿Crees que iré corriendo? –le espetó, sin moverse, casi sin atreverse a respirar. Temiendo que sus pies la traicionasen.

Ivan esbozó una sonrisa.

–Puedes venir arrastrándote, si quieres.

Miranda se recordó a sí misma que era valiente, que era fuerte. Y que él era, como el propio Ivan había dicho, solo un hombre.

No un monstruo, a pesar de que ella hubiese querido creerlo. Iva Korovin no la controlaba, no tenía ningún poder sobre ella.

–Ha sido un vuelo muy largo –le dijo, pasando las manos por la falda de su vestido–. Quiero beber algo y echarme un rato. No tengo energías para esto.

–¿Esto? –repitió él.

–Para ti.

Ivan guiñó los ojos ligeramente, pero no se movió. Se quedó donde estaba, como el guerrero que era, el más aterrador que había conocido nunca. El más formidable.

Y la asustaba, pero no como al principio.

De modo que dio un paso hacia él, intentando no sentirse intimidada. Pero, aun así, sentía como un trueno bajo la piel, una tormenta que parecía reírse de la perfección de aquel día.

«Puedes hacerlo», se dijo. «No puedes controlarlo a él, pero puedes controlarte a ti misma».

Ivan alargó una mano para tomarla del brazo.

–Miranda...

No tuvo que decir nada más.

Eso era todo. Solo la forma de pronunciar su nombre, el roce de su mano.

No hizo falta nada más.

El mundo pareció girar en dirección contraria, dejándola inmóvil, excitada.

Por él.

No sabía quién de los dos se movió antes pero, de repente, sintió los labios de Ivan sobre los suyos, duros y ardientes, las manos enterradas en su pelo. No había cámaras allí, nadie estaba mirándolos.

De modo que no había frenos, no había límites. Nada impedía que se besaran.

Miranda dejó de luchar por fin y enredó los brazos en su cuello, apretándose contra él, sus pechos aplastados contra aquel torso formidable.

Por fin.

Ivan la besaba como un hombre hambriento y ella estaba igualmente desesperada.

Sintió que perdía el contacto con la realidad cuando Ivan la tomó en brazos, enredándose sus piernas a la cintura, volviendo a besarla.

Como si fuera suya.

Y disfrutó de ello. Le encantaba la dureza de sus fuertes manos, una en su mejilla, la otra, ardiente y deliciosa, en su trasero, sujetándola contra su parte más dura, haciéndola temblar de deseo. Le encantaba el roce de su lengua, la presión de sus labios, cómo se apartaba para volver a besarla un segundo después. Estaba ahí como una roca, sujetándola como si no pesara nada.

Era tan grande, tan increíblemente masculino, todo músculo y tendones. Como el mármol, como si estuviera hecho de piedra y, sin embargo, ardiente al tacto. Tan ardiente.

Él empezó a caminar, sin dejar de besarla, mientras la llevaba al interior de la casa. Había colores por todas partes: el azul del cielo a través de las paredes de cristal, el color turquesa del mar, un enorme cuadro abstracto sobre una pared blanca...

Pero, sobre todo, veía la cara que tenía delante de ella, tensa de deseo, el mismo deseo que se la comía viva.

Entonces, de repente, estaba de espaldas sobre algo blando y suave frente a una chimenea. Ivan se colocó sobre ella con un gesto rápido y seguro, un gesto que le recordaba que su cuerpo era una máquina bien entrenada que él controlaba con mano de hierro y con la que podía hacer lo que quisiera.

Lo que quisiera.

Ivan se estiró a su lado, pasando una mano por su pierna, como haciéndola suya de ese modo, como si estuviera memorizando su piel. Luego rozó su pecho, la curva de sus caderas... era como ser bañada por la luz de un relámpago, el voltaje sacudiéndola y haciendo que cerrase los ojos.

Ivan susurró esa frase de nuevo:

–*Milaya moya.*

–No sé lo que significa –murmuró Miranda, que apenas reconocía su propia voz.

Cuando abrió los ojos se encontró con los de Ivan, negros, ardientes, apasionados.

–Querida mía –dijo él. De repente, le pareció ver un brillo de angustia en sus ojos, pero enseguida desapareció–. Significa querida mía.

Y luego tomó su boca de nuevo, exigente y posesivo, y Miranda tardó un momento en darse cuenta de que mientras lo hacía levantaba su vestido para quitárselo. El aire fresco sobre su ardiente piel la sorprendió y, con esa sensación, llegó una oleada de bochorno.

–Ivan...

Pero él estaba acariciando su cintura, tan ardiente, tan posesivo que Miranda se mordió los labios sin terminar la frase.

Lenta, inexorablemente, Ivan inclinó la cabeza hasta rozar su estómago con los labios.

Miranda se quedó sin aliento. No dijo una palabra, no le dijo que parase porque no era capaz de formar una sola sílaba.

Él empezó a besar sus muslos, tan cerca del corazón de su deseo...

–Ivan –musitó.

Era tan difícil entender aquello, sentir como si fuera a desmayarse de placer. No estaba preparada para lidiar con tan profundas emociones o con el pánico que empezaba a sentir. No sabía cómo sentir tanto, cómo lidiar con esa pasión, con esa tormenta.

–Dime.

–Yo no...

–¿Tú no qué?

Estaba lamiendo su piel, trazando un camino de

fuego sobre sus muslos, abriendo sus piernas y colocándose entre ellas.

La miró a los ojos de nuevo, tan seductor, tan sexual, tan deliciosamente masculino, y luego inclinó la cabeza para poner la boca sobre su sexo.

Besándola allí como si no estuviera cubierto por un pedacito de tela, como si ya estuviera desnuda.

Miranda se arqueó hacia él, el placer como una ola que la hacía vibrar. Lo sentía en los pechos, en los dedos de los pies. Su piel pareció estallar en llamas cuando Ivan agarró su trasero, sujetándola, tomándola simplemente. Tomándola como si siempre hubiera sido suya.

Miranda no entendía cómo podía hacerla sentir así, como si no pudiera respirar...

–Yo no...

Pero estaba jadeando de deseo y él simplemente le quitó las braguitas para lamer su centro mientras un río de lava corría entre sus piernas. Parecía saber de manera intuitiva lo que la volvía loca.

Parecía saber lo que debía hacer para que se arquease hacia él, todo su ser concentrado en la maestría de sus manos y su lengua. Las cosas que podía hacerle, las cosas que estaba haciéndole...

Era demasiado. ¿Cómo iba a sobrevivir a aquel placer y seguir siendo ella misma? ¿Cómo podía algo ser tan maravilloso?

–Me gusta...

–¿Esto?

Ivan hizo algo nuevo con la lengua, lamiendo con más fuerza, más profundamente hasta que Miranda se oyó gritar de placer, un placer casi imposible de soportar.

–¿O esto?

Deslizó dos dedos largos y fuertes dentro de ella como si ya conociera todos sus secretos, como si la hubiera hecho suya cientos de veces. Y Miranda se arqueó de nuevo, sin pensar, incapaz de hacer algo más que sentir aquella cosa salvaje. Aquella imposible crisis, inexorable y a sus órdenes. Como ella.

–No puedo... –empezó a decir.

–Sí puedes, te lo prometo.

Y entonces volvió a besarla allí, con una magia que era solo suya, enviándola a un abismo desconocido.

Había cumplido su promesa, pensó Ivan con intensa satisfacción masculina mientras Miranda temblaba entre sus brazos. Y tuvo que contenerse para no enterrarse en ella allí mismo, poniendo fin a aquella tortura.

Cuánto la deseaba.

Era lo bastante hombre como para admitir, mientras ella seguía deshaciéndose entre sus brazos, que la había deseado mucho antes de conocerla. Que había tenido fantasías sobre aquella princesa tan estirada. Había soñado acariciar ese pelo rojo entre sus dedos, besar esa preciosa boca suya que lo criticaba con tal convencimiento.

Había empezado a vivir sus fantasías y estaba quedándose sin tiempo.

Pero la quería a su lado hasta el final, quería que lo supiera cuando la hiciera suya, cada centímetro, cada embestida. Cuando sintiera, estaba seguro, su primer orgasmo.

Sintió algo completamente nuevo cuando la miró, un sentimiento que no podía reconocer. Seguía teniendo los ojos cerrados, el rostro ardiendo, emitiendo suaves gemidos que lo hacían desearla aún más.

Se colocó a su lado, apoyándose en un codo para escribir su nombre en el brazo con la punta de un dedo.

Milaya moya.

Suya desde el principio, aunque él no lo sabía. Y a pesar de lo que iba a ocurrir cuando volviesen a casa.

Cuando por fin abrió los ojos, parecía asustada.

–No –murmuró, con voz estrangulada.

Se apartó e Ivan la dejó ir, quedándose inmóvil mientras ella se ponía el vestido a toda prisa.

Como una niña asustada, no como la mujer a la que había tenido entre sus brazos hasta unos segundos antes. No como su valiente doctora, que nunca había encontrado un oponente al que no pudiese callar con argumentos.

–¿Qué ocurre, Miranda? ¿De qué tienes miedo?

–Esto no puede pasar –dijo ella, enterrando la cabeza entre las manos.

–¿Qué no puede pasar?

Ivan sospechó lo que era y se enfureció, con ella y consigo mismo. Su insistencia en separar el cuerpo y la mente, sus previas relaciones, todo charla y poco sexo. Su odio por lo que él significaba, su fascinación por él en persona y cómo lo besaba, como si no pudiera creer que era real, como si nunca hubiera sentido nada así.

Como si una parte de ella tuviese miedo de sentir.

Ivan apretó los dientes. Él había pensado solo en el juego y en ese glorioso calor que tanto deseaba, en ese fuego incandescente. En tenerla, no en entenderla como debería.

Tuvo que hacer un esfuerzo para respirar, para concentrarse.

–Pero ya ha pasado –le dijo–. Y aquí estás, de una pieza. A salvo.

–Perdida –susurró ella. Lo había dicho en voz muy baja, pero Ivan lo oyó y fue como una bofetada–. Estoy perdida.

–No tengo ese poder, *milaya* –dijo él, sin dejar que su voz traicionase lo que sentía. La compasión que le gustaría poder expresar mejor en un idioma que no era el suyo–. No lo tiene nadie.

Entonces le pareció escuchar un sollozo y eso rompió lo que quedaba de su corazón en mil pedazos. Se sentó, pero no se acercó a ella, aunque deseaba hacerlo con todas sus fuerzas.

La vio temblar, escuchó su agitada respiración y esperó.

Fuera, el cielo se había oscurecido y el viento hacía que las palmeras se mecieran suavemente. Y siguió esperando.

Por fin, Miranda levantó la cabeza, con los ojos llenos de lágrimas. Odiaba verla llorar. Quería ver un brillo de rabia en sus ojos. O de pasión. Pero no aquello.

–Esto es todo lo que tengo –empezó a decir, con voz ronca de emoción, tocándose la frente–. Esto es todo lo que tengo y no puedo...

–Lo has hecho.

–Tú no lo entiendes.

–Entonces, cuéntamelo.

–¿Cómo puedes pensar que esto es seguro? Tú eres la persona menos segura para mí y...

–Se me considera el mejor luchador de todos los tiempos –la interrumpió Ivan, sin dejar de mirarla a los ojos–. Sigo entrenando cada día con mi hermano, que hizo cosas tan terribles en el ejército ruso que ni siquiera puede hablar de ellas. Y, sin embargo, yo podría ganarle con los ojos cerrados. Eso es lo que hago, Miranda. No hay nadie en la tierra que pueda atacarte mientras yo esté cerca. Nadie te hará daño mientras estés conmigo.

Ella miró hacia la pared de cristal, como si no quisiera escucharlo. Y, cuando Ivan pensó que la había perdido, no pudo entender la rabia y la angustia que le producía eso. Se negaba a aceptar que no podía llegar a ella, que no podía ayudarla, que quien le hubiera hecho eso era más fuerte que él.

Se negaba a pensar en las razones por las que no debería sentir nada de eso. Su intención había sido destruirla, no ayudarla a levantar la cabeza...

«Respira», se ordenó a sí mismo. Y le hizo falta una vida entera de entrenamiento para dejar que ella se calmase, para no envolverla en sus brazos.

Ivan esperó hasta que Miranda apartó el pelo de su cara antes de empezar a hablar, como si estuviera hablando con el mar y no con él:

–Nos ganó a todos –empezó a decir–. A mi madre, a mi hermano, a mí. Vivíamos aterrorizados, con miedo a ponerlo de mal humor, a despertar su ira, y no se me ocurrió hasta más tarde, cuando escapé de casa, que no había nada que pudiéramos hacer para contentarlo. Que nunca iba a estar contento porque quería hacer las cosas que hacía o no las hubiera hecho. No paró, no dejó de hacerlo nunca.

–Tu padre –dijo Ivan, preguntándose por qué había querido creer que la suya había sido una vida de privilegios, sin el menor problema, protegida de todo, cuando él sabía que la violencia familiar existía en todas partes.

Él debería saberlo mejor que nadie porque había luchado con todas sus fuerzas para escapar de su tío... solo para descubrir que el mundo estaba lleno de monstruos como él.

Miranda asintió con la cabeza, sin dejar de mirar hacia la ventana, su rostro en sombras.

–Era un hombre enorme y fuerte, capaz de romper cosas con las manos. Y me apretaba el hombro cuando estábamos en público, como para recordarme que, por mucho que sonriera en la iglesia o bromease con sus amigos, podía volver a ser el monstruo que era en cualquier momento. Y era verdad.

Luego se volvió para mirarlo, buscando algo en su rostro. ¿Incredulidad? ¿Compasión?

Ivan no lo sabía, pero le dolía en el alma no poder hacer nada cuando lo que quería era estrangular a aquel hombre, el hombre que debería haberla querido más que nadie. Estrangularlo con sus propias manos.

–Un día salí con un chico –siguió Miranda, su voz un susurro en la silenciosa habitación–. Entonces tenía dieciséis años. Había decidido que solo había una manera de escapar de mi casa y estaba decidida a hacerlo, así que estudiaba como una maníaca. Tanto que iba dos cursos por delante de otros alumnos de mi edad. Pero entonces conocí a un chico... una tarde volvimos del cine y me besó en el coche, en la puerta de mi casa. Era la primera vez que me besaban –Miranda tragó saliva–. Pero luego entré en mi casa y mi padre, que lo había visto por la ventana, empezó a insultarme, a decirme cosas horribles. Me pegó tal paliza que tuve que quedarme en la cama durante tres semanas.

Ivan dejó escapar un gemido de angustia y Miranda dio un respingo, como si temiese que también él se pusiera violento, como si temiese que también él fuese a traicionarla.

«Y lo harás al final, ¿no?», le decía una vocecita. «Si sigues adelante con el plan».

Pero decidió dejar de pensar en ello.

–Conozco a ese tipo de hombre –murmuró por fin–. Mi tío era así, un cobarde.

–Pero tú te rebelaste. Le plantaste cara.

–Yo medía metro ochenta cuando cumplí los doce años. ¿Qué podrías haber hecho tú? ¿Y dónde estaba tu hermano cuando ocurría todo eso?

Ella sacudió la cabeza con tal pena que le dolió no poder tocarla, no poder consolarla con una caricia.

Como si eso pudiese ayudarla.

–Cuando terminé la carrera decidí hablar con él –dijo Miranda un segundo después, secándose las lágrimas con el dorso de la mano–. Me habían aceptado en el programa de posgraduado de la Universidad de Columbia y tenía un trabajo con el que pagar las facturas, así que por fin le planté cara. Le dije que era un matón y un maltratador que había convertido nuestras vidas en un infierno y que no quería saber nada de él. Pensé que mi madre y mi hermano aplaudirían...

Ivan suspiró, imaginando lo que iba a decir.

–No tienes que contármelo...

–Pensé que mi madre se pondría de mi lado, pero,

en lugar de eso, me dijo que estaba muerta para ella. No hemos vuelto a hablar desde entonces –Miranda emitió un sonido que era a medias un gemido y una risa nerviosa–. Mi hermano cree que me engaño a mí misma y me envía correos odiosos cuando me ve en televisión. Según él, necesito alguien que me trate con mano dura. Recibí un par de mensajes suyos cuando estaba en Nueva York... y ¿a que no lo adivinas? Cree que tú puedes hacer ese trabajo.

Ivan se echó hacia delante, mirándola a los ojos.

–Ven aquí –le dijo, en voz baja.

Ella sacudió la cabeza, con los ojos empañados.

–No puedo. Tú haces que me olvide de mí misma, de mis reglas. No puedo hacerlo, Ivan.

–Sí puedes –dijo él, poniendo una mano sobre su rodilla–. En cuanto reconozcas que estás a salvo conmigo.

–Ivan...

–Tengo unas manos muy fuertes, pero no sé lo que es la mano dura ni quiero saberlo –siguió él–. Me he pasado la vida luchando y soy cinturón negro en tres artes marciales. He ganado todos los campeonatos a los que me he presentado... ¿crees que eso me hace más violento que un hombre normal?

–Por supuesto que sí.

–Pues te equivocas.

Miranda cambió de posición en el sofá, dejando de abrazarse a sí misma como si estuviera protegiéndose de un golpe.

Ivan se miró las manos y luego la miró a ella.

–Cuanto más entreno, más aprendo –dijo en voz baja–. Y menos tengo que luchar.

La vio asentir con la cabeza y sintió cierto alivio al ver que fruncía el ceño, pensativa. Aquella era la Miranda que conocía, la doctora Sweet.

Se dijo a sí mismo que solo sentía alivio, nada más. Nada más peligroso que eso.

–Ven aquí –repitió.

–No debería.

–Pero quieres hacerlo.

Después de largo rato, cuando el sol empezaba a esconderse en el horizonte, Miranda dejó escapar un largo y dolorido suspiro. Y luego, lentamente, se acercó a él para mirarlo a los ojos.

Ivan tomó su mano suavemente, dándole tiempo para que pudiera apartarse si quería hacerlo.

–Yo lucharé contra tus demonios, doctora Sweet –susurró–. Aunque, si hiciera lo que me gustaría hacer, me llevarían a la cárcel.

Ella sintió un escalofrío.

–Pensé que a mis exnovios no se les daba bien la cama –susurró, sin mirarlo–. Pero no eran ellos, ¿verdad? Era yo. Me ocurre algo.

–Tú eres perfecta –dijo Ivan–. Y estás a salvo conmigo, te lo prometo.

Miranda sacudió la cabeza, pero no apartó las manos, que empezaban a calentarse al contacto de su piel.

–Yo no estoy tan segura –murmuró, bajando la mirada.

–Mírame –le ordenó Ivan entonces–. No soy un adolescente ni un cobarde, ya te lo he dicho. Sé controlarme a mí mismo. Tú no puedes hacerme daño y yo no voy a hacértelo a ti.

Aquella mujer lo conmovía. Hacía que deseara cosas que nunca podría tener. Hacía que deseara ser un hombre diferente, que se hubieran conocido en otras circunstancias.

Miranda levantó la mirada, su rostro un poco menos pálido. Empezaba a parecerse a la Miranda que él conocía y se dijo a sí mismo que podía cumplir esa promesa.

Y lo haría.

Pero entonces ella se incorporó un poco para buscar sus labios...

Capítulo 10

MIRANDA no quiso pararse a pensar. Ya había pensado más que suficiente.

Sencillamente, siguió besándolo una y otra vez, inclinando la cabeza como él le había enseñado. Y eran unos besos dulces y llenos de fuego.

Ese fuego salvaje que la había llevado hasta él, el único hombre que podía hacerla sentir aquello. El hombre que prometía mantenerla a salvo, el que tal vez podría luchar contra sus pesadillas por ella.

¿No acababa de demostrarlo?

Ivan se apartó, como si no quisiera asustarla, y eso la enterneció.

–No tienes que besarme.

Pero Miranda quería hacerlo. De hecho, sentía que explotaría si no lo besaba.

–Ya sé que no tengo que hacerlo. Eso sería tan coercitivo y repelente como las muestras de afecto en público en Cannes.

Ivan la observó en silencio durante unos segundos y luego parpadeó, desconcertado.

Miranda pensó que iba a apartarse, que iba a decir algo que la hiciese dar un paso atrás o, al contrario, algo tan milagrosamente romántico que se marearía de emoción...

–Sí –dijo él, su voz ronca como una caricia–. He notado que te resultaba muy repelente. Era lo que más se veía en las fotografías.

Miranda sonrió.

–Cállate –le ordenó.

Los ojos oscuros brillaron mientras tomaba su cara entre las manos para sujetar esa fuerte mandíbula, tan erótica bajo sus dedos. Fue ella la que se acercó porque deseaba tenerlo más cerca. Deseaba su caricias, la magia de su boca.

Y, cuando se inclinó para besarlo de nuevo, él no dijo una palabra. Se limitó a devolverle el beso, despacio al principio, apasionadamente después. Un beso interminable, un beso que la hacía sentir como si estuviera convirtiéndose en otra persona.

Pero seguía sin tocarla y, por fin, Miranda no pudo soportarlo más.

–¿Por qué no me tocas? –le preguntó, enfadada.

Una rara sonrisa iluminó el rostro masculino mientras levantaba una mano para rozar su cara como si fuera algo precioso para él. Le gustaría apoyar la cara en su pecho, le gustaría cerrar los ojos...

–No quiero ser otra cicatriz para ti, Miranda. Pase lo que pase.

–Te deseo –dijo ella, con total convicción.

Porque era cierto. Lo sabía como sabía que necesitaba respirar para vivir y no quería examinarlo ni analizarlo. Sencillamente, lo deseaba con todas sus fuerzas. Tal vez siempre había sido así, tal vez por eso era inevitable.

–No la versión insípida de ti que has creado para la mujer que, sollozando, te ha contado su triste historia.

–No hay versión insípida de mí –dijo él, sin dejar de sonreír–. Es paciencia. Pero no me sorprende que no puedas reconocerla.

–Me miras y me haces sentir como si fuera a quemarme –susurró Miranda, sin importarle nada más que la caricia de sus dedos–. Eso es lo que quiero, Ivan. No quiero que me trates como si fuera una niña asustada.

–Tú me crees un animal –señaló él, aunque seguía sonriendo–. ¿Por qué iba a querer demostrar que tienes razón?

–No creo que seas un animal –dijo Miranda. Y se dio cuenta de que era verdad, no lo creía.

Era algo asombroso y significaba muchas cosas en las que no quería pensar en ese momento.

–Un neandertal, cargado de testosterona.

–He dicho todas esa cosas, es verdad –asintió ella–. No me digas que esta es tu venganza.

–No, no lo es.

–¿Te he llamado neandertal y ahora vas a actuar como una doncella victoriana?

–Sí –respondió Ivan, mientras pasaba una mano por su espina dorsal, haciendo que se derritiera, haciendo que se le pusiera la piel de gallina–. Pienso castigarte con un sexo insípido y competente.

Cuando terminó la frase había puesto una mano en su nuca, ardiente y deliciosa, una especie de promesa sensual. Miranda tembló, apoyando la cara en su hombro.

–Eso ya lo he tenido. De hecho, es lo único que he tenido.

Ivan sonrió de nuevo, travieso.

–¿Y qué vamos a hacer cuando mis técnicas amatorias te dejen llorando de placer, algo que es inevitable? –bromeó–. Soy así de bueno.

Lo era, Miranda estaba segura. Pero también era el hombre más dulce de la tierra. La hacía sentir normal, como si no tuviera pesadillas, como si no tuviera pasado.

–¿Tengo que suplicarte que me lo demuestres?

–Una vez te dije que algún día lo harías.

–No sé cómo suplicar –murmuró ella, con el pulso acelerado–. Esperaba que tú me enseñases.

–Miranda, Miranda –Ivan suspiró–. No digas esas cosas.

Y, entonces, por fin, decidió tomar el control.

Sencillamente, la levantó en brazos, colocándola sobre sus rodillas. Era tan fuerte... Miranda podía ver el movimiento de sus bíceps y, cuando tembló, no era de miedo.

Ivan la miró a los ojos un momento antes de reclamar su boca, provocando una conflagración que la hacía derretirse. Miranda suspiró mientras se apoyaba sobre el muro de su torso. Y aún no estaba lo bastante cerca.

Se apretó contra él hasta que lo oyó gemir mientras enredaba los dedos en su pelo, inclinando a un lado su cabeza para besarla a placer, tirando del vestido para quitárselo.

Estaba segura de que podía oír los latidos de su corazón. Apenas podía respirar y todo parecía haberse detenido mientras Ivan la miraba, como hipnotizado.

–*Ti takaya krasivaya* –murmuró, con tono reverente, mientras besaba su escote, sobre el lacito azul del sujetador–. Eres preciosa, perfecta.

Y, en ese momento, Miranda creía que era verdad.

Se arqueó hacia él, ardiendo mientras le quitaba el sujetador. Incluso lo ayudó, pero se quedó inmóvil cuando buscó uno de sus pezones con los labios para tirar de él.

Ivan empezó a hablar en ruso y era como música para sus oídos. Luego siguió besando sus pechos, lamiéndolos como si fueran un caramelo. Sintió que tiraba de uno de sus pezones con los labios, provocando un incendio entre sus piernas...

Ivan la tumbó sobre el sofá y se colocó sobre ella, deteniéndose un momento para mirarla a los ojos.

Miranda podía ver la fiera pasión en sus facciones. Una pasión apenas contenida.

–Esta vez, cuando grites, recuerda que yo estoy aquí.

Miranda se limitó a asentir con la cabeza porque no era capaz de articular palabra.

Su corazón dio un vuelco cuando se inclinó para besarla apasionadamente. Pero, enseguida, volvió a prestar atención a sus pechos, acariciándolos con las manos y la lengua. La lamió hasta que se arqueó hacia él, desesperada, y luego metió una mano entre los dos para acariciarla entre las piernas.

–Ivan... –empezó a decir con voz estrangulada.

Sin hacerle caso, él mordió suavemente un sensible pezón mientras apretaba la palma de la mano contra su monte de Venus. Y, de nuevo, Miranda se sintió transportada a otro mundo.

Cuando volvió a la realidad, él estaba desnudo y ella también. Tardó un segundo en darse cuenta y otro en ver que estaba entre sus piernas, la cabeza de su miembro frente a su entrada.

No había tiempo para tener miedo. No había tiempo para llorar o pensar. Era tan grande, tan ardiente, que su fuerza la hacía temblar. La hacía derretirse, desearlo con una parte de ella misma que nunca había conocido hasta ese momento.

Ivan se apoyó en el sofá con una mano y deslizó la otra bajo su trasero para apretarla contra él, suspirando, sus ojos clavados en ella, formidable y peligroso, especialmente en aquel momento.

–No quiero perderme.

–Hay más de una forma de perderse –dijo él, con voz ronca–. Esta es la mejor.

Y, entonces, entró en ella con una devastadora embestida.

Miranda enredó las piernas en su cintura, arqueándose, apretándose contra él hasta que Ivan tuvo que hacer un esfuerzo para no dejarse ir.

Si fuera un buen hombre, un hombre sensible, la amaría despacio, la haría llegar a un orgasmo detrás de otro antes de terminar.

Pero él no era ese hombre y ella no quería la versión insípida. O eso había dicho. Quería al hombre que era de verdad.

Ivan no estaba seguro de lo que eso significaba, pero inclinó la cabeza, enterrándola entre su hombro y su cara, para marcar el ritmo que le pedía el cuerpo.

Y ella lo recibió, echando la cabeza hacia atrás, siguiendo su ritmo sin perder un segundo, sin apartarse.

Y eso lo volvió loco.

Miranda enredó los brazos en su cuello, apretando aquellos pechos perfectos contra su torso. Era tan ardiente y él estaba tan desesperado por ella...

Nunca sería suficiente, pensó.

Jadeando, giró la cabeza para capturar su boca, sus lenguas jugando la una con la otra, la pasión reduciéndolos a cenizas. Pero él no dejaba de moverse, loco de deseo, llenándola una y otra vez.

«Mía», pensó cuando clavó los dedos en sus hombros y cerró los ojos.

«Mía», pensó cuando metió una mano entre los dos para buscar el capullo escondido entre los rizos que la haría gritar su nombre.

«Toda mía», pensó cuando por fin cayó al abismo y él la siguió, murmurando su nombre como una plegaria.

A la mañana siguiente, Miranda se dio cuenta de que no había tenido pesadillas esa noche. Ivan las había borrado o la había ayudado a borrarlas por fin.

O tal vez era ella la que había logrado borrarlas. En cualquier caso, estaba perdida.

Totalmente perdida. Una vocecita le advertía contra lo que estaba haciendo, pero no quería escucharla.

Solo existía Ivan, al fin.

–Yo... –empezó a decir–. Creo que...

Pero no pudo terminar la frase.

–Te dije que era bueno, doctora Sweet –bromeó él, con esa arrogancia que la hacía sonreír, tumbado en la enorme cama, sin nada que suavizara su masculinidad. Nada que escondiese su perfecto cuerpo, como un tesoro, tumbado sobre las suntuosas sábanas de seda.

Miranda estaba tumbada sobre su pecho, abrumada por aquellos sentimientos que la hacían cuestionarse...

todo lo que era mientras trazaba las tres letras tatuadas en su pecho con la punta de un dedo.

–¿Qué significa esto?

–*Mir* –respondió él–. Significa «paz».

Cuando él apartó su mano del tatuaje, Miranda recordó el balcón en Cap Ferrat, cuando le había dicho que había mejores manera de luchar.

–Imagino...

–No hagas una montaña de un grano de arena –la interrumpió él.

–Relájate –dijo ella, dolida, aunque no debería–. Solo ha sido un revolcón, no voy a pedirte que te cases conmigo.

Ivan clavó en ella sus ojos, tan oscuros como la noche, y algo se encogió en su interior. Era un luchador con la palabra «paz» tatuada en el pecho. Estaba más solo que nadie que hubiera conocido nunca. Tal vez, incluso más que ella misma.

–Mientras no sea un revolcón insípido –dijo Ivan después de un segundo. Y luego la abrazó y la hizo olvidar de nuevo.

Ivan se encontró hablando de sí mismo. Mucho.

Estaban sentados en la terraza, frente al mar, el sol cayendo sobre ellos como una caricia mientras le hablaba de los largos inviernos rusos que se te quedaban en los huesos durante años.

–Me gustan los sitios cálidos –decía, sonriendo–. Cuanto más calidos, mejor.

–Te entiendo.

En la cama, jadeando después de hacer el amor, le

habló del primer título que ganó cuando aún era un crío. Le contó cómo fue llegar a Estados Unidos por primera vez y cómo supo que no hablar bien el idioma era tan peligroso como no estar preparado para un combate.

–Lo dices como si siempre estuvieras rodeado de atacantes –dijo ella, moviendo los dedos sobre su pelo.

–Lo estaba. Sigo estándolo y no solo en el cuadrilátero.

Mientras paseaban por la playa, le contó sus recuerdos de la Unión Soviética y lo que ocurrió tras su caída, cuando él solo tenía diez años y se vio obligado a crecer a toda velocidad. Le contó cómo había perdido a sus padres y lo terrible que fue la vida con su tío. Y le contó que peleaba para sobrevivir, por él y por Nikolai.

–Debió de ser aterrador –dijo ella, frunciendo el ceño–. Tu mundo cambió por completo en un año.

–Pero me ha convertido en lo que soy –respondió él, su tono más seco de lo necesario, casi como si ella estuviera forzándolo a hablar, aunque no era así. Miranda le había pedido la versión auténtica, no la insípida, y él quería dársela–. Para bien o para mal.

La oyó suspirar entonces.

–¿Crees que pasaremos el resto de nuestras vidas intentando librarnos de los fantasmas del pasado? –le preguntó–. Nosotros no tenemos la culpa de lo que pasó.

Ivan sabía a qué se refería.

–Creo que el pasado marca todo lo que hacemos. Los fantasmas siguen siempre con nosotros, queramos reconocerlo o no.

Miranda miró hacia la casa por encima de su hombro.

–Como tu hermano.

Ivan asintió con la cabeza, preguntándose una vez más por qué estaba haciendo aquello. Por qué estaba compartiendo tantas cosas con ella cuando jamás se lo había contado a nadie.

Había conseguido todo lo que quería: la había seducido, estableciendo una falsa relación amorosa para los medios de comunicación. Lo único que quedaba era romper con ella públicamente. Eso la dejaría muda.

Al fin.

Debería sentirse triunfador, pero no era así.

Ivan se volvió entonces y vio lo que Miranda estaba viendo: a Nikolai de brazos cruzados, observándolos. Siempre observándolos.

–Si mi hermano es un fantasma de lo que era, la culpa es mía.

Ella lo miró con gesto de sorpresa, como si lo que había dicho fuera absurdo.

–¿Por qué?

–Lo abandoné –respondió Ivan–. Lo dejé solo con mi tío.

–¿Y qué pasó?

–Se alistó en el ejército en cuanto tuvo ocasión. Se presentó voluntario para una unidad de fuerzas especiales que le robaba el alma cada vez que iba a una misión –Ivan sacudió la cabeza–. Durante un tiempo pensó que el alcohol lo ayudaba a olvidar, pero no sirvió de nada. Su mujer lo dejó y se llevó a su hijo. Lo perdió todo.

–Pero no te perdió a ti.

Ivan sintió algo extraño, como un terremoto que lo sacudiera todo. Hasta sentimientos que no creía que pudieran ser sacudidos.

Por un momento, pensó que el mundo entero se había movido... estaban en California después de todo. Pero Miranda seguía allí, mirándolo, tan guapa con su vestido de flores. De modo que solo lo había sentido él y no sabía lo que eso significaba o cómo lidiar con ello.

–No sabes lo que dices –murmuró–. Es culpa mía que Nikolai tomase esa decisión. Si me hubiera quedado...

–Tarde o temprano habrías tenido que escapar de tu tío –lo interrumpió Miranda–. Y Nikolai podría haber seguido tu ejemplo. Que no lo hiciera fue una pena, pero no es culpa tuya.

Ivan no dijo nada. Era incapaz de articular palabra y eso lo sorprendió aún más. Hasta le sorprendía poder mantenerse en pie.

Miranda puso una mano en su brazo y entonces, de repente, tuvo la sensación más extraña. Como si aquella mujer pequeña y delgada estuviera sujetándolo. Como si pudiera llevarlo donde quisiera.

Como si pudiera salvarlo.

–Ivan... –empezó a decir, sin dejar de mirarlo a los ojos.

Debería haber tomado precauciones. Debería haber escuchado a su hermano. Debería haber prestado más atención a lo que Miranda Sweet le estaba haciendo porque ya era demasiado tarde.

–¿Qué?

–Lo sabes, ¿verdad? Sabes que tú no eres responsable de lo que le pasó a tu hermano.

La alfombra roja para el estreno de la última película de Jonas Dark ya no asustaba a Miranda. Las cámaras ya no la asustaban. Ni la multitud que gritaba el nombre de Ivan o las preguntas de los reporteros. Solo lo veía a él, como si estuvieran solos.

Veía las historias que le había contado, las cosas que había compartido con ella, como si quisiera ser tan sincero como lo había sido Miranda.

Y todo eso le hacía pensar que no estaba tan solo como parecía.

O que no lo estaba ella.

Aquella noche llevaba el vestido azul de tejido brillante que le habían hecho a medida en París. La tela se pegaba a sus pechos y caía como un chorro de agua hasta el suelo. El escote en V de la espalda permitía a Ivan acariciar su piel, catapultándolos a los dos hasta París, a lo que podría haber sido.

–¿Sabes lo que quería hacerte la última vez que te pusiste ese vestido? –le preguntó él, en la puerta del cine.

–Yo también quería hacerlo –respondió Miranda–. Soñé con ello muchas veces.

–Afortunadamente para ti, esto es Hollywood –replicó Ivan–. Donde hasta los sueños más increíbles pueden hacerse realidad.

Y tenía razón.

Ivan no esperó hasta que llegaron a casa. En cuanto subieron a la limusina que debía llevarlos a la fiesta después del estreno, la apretó contra su pecho con urgencia.

–Nada de besos –le dijo–. Debemos tener un aspecto presentable y no quiero que se te corra el carmín de los labios.

De modo que la sentó sobre sus rodillas, apartó la falda del vestido y las braguitas con una mano mientras bajaba la cremallera de su pantalón con la otra.

Y luego, sujetando sus caderas, entró en ella haciendo que los dos suspirasen de placer. Un placer que solo él podía darle.

Solo él, pensó Miranda. Solo Ivan.

–Me temo que eres tú quien tiene que hacer todo el trabajo –le dijo, con una sonrisa traviesa.

Era un reto, pero Miranda no se amilanó.

El coche se deslizaba por las calles de Hollywood y podía ver las luces, los semáforos, otros coches, la vida en la ciudad.

Y, mientras tanto, tenía a Ivan duro dentro de ella. Tan deliciosamente duro. Miranda levantó los brazos para apoyar una mano en el techo del coche y la otra en su hombro. Y luego empezó a moverse.

Era maravilloso. Glorioso y salvaje, perfecto e imposible al mismo tiempo.

Se movía rápidamente, haciéndolo gemir, haciéndolo jadear.

Ivan echó la cabeza hacia atrás para apoyarla en el respaldo del asiento y Miranda lo observó mientras se movía, haciendo círculos con las caderas, buscando el mejor ángulo, el que podía darles más placer.

Él era tan fiero, tan intensamente masculino, que

la hacía sentir un nuevo poder. La hacía sentir incandescente.

Con él.

Como si estuviera hecha para hacer eso, como si la convirtiese en una mujer nueva, más fuerte. Que pudiese hacer jadear a aquel hombre, que pudiese hacerlo perder la cabeza, le daba un poder que no había tenido antes.

Siguió moviéndose arriba y abajo y luego, por fin, se dejó caer al abismo, sabiendo que él estaría al otro lado para sujetarla.

Había pensado volver a Nueva York después del estreno y esperar allí hasta el próximo evento, en el confort de su casa, pero, a la mañana siguiente, lo encontró a su lado, con la cara enterrada en su cuello.

–¿Qué ocurre? –le preguntó.

Ivan no respondió. No dijo una palabra.

La penetró despacio, como si fuera sagrada, moviéndose de manera firme, inexorable. La amó con la boca y con las manos, haciéndola temblar de placer, dejando su huella en ella, como si la hubiera marcado. Y Miranda entendía que no podría sobrevivir intacta.

Cuando levantó los ojos para mirarla, vio que no estaba equivocada. Eso era lo que quería.

Como si esa fuera su manera de decirle todo lo que no podía decirle con palabras.

Hicieron el amor hasta caer el uno sobre el otro, sin aliento, sus miembros enredados como un nudo que no podía ser deshecho.

De modo que no se marchó a Nueva York al día siguiente como había planeado. Sencillamente, se quedó. Y se prometió a sí misma que lo amaría hasta que Ivan la dejase.

Una tarde, sentada en una de las terrazas de la casa, Miranda observaba a Ivan y a su hermano entrenando frente al mar.

Envuelta en una de las camisas de Ivan, disfrutaba de la sensación de ser abrazada por él aunque no estuviera a su lado.

Se había despertado unos minutos antes del letargo en el que él solía dejarla después de hacer el amor y cuando los vio entrenando tuvo que tragar saliva.

Sabía que debería sentirse disgustada, pero no era así.

No parecían cavernícolas, al contrario, parecía una danza ritual, letal. Arte en el filo de la navaja. Eran como dos titanes, dos tigres, todo músculo y gracia. Se quedó sorprendida por la expresión idéntica en el rostro de los hermanos Korovin.

Esa concentración, esa determinación.

Y esa alegría.

Pura, auténtica alegría.

Miranda tuvo que tragar saliva de nuevo para deshacer el nudo que tenía en la garganta. Los Korovin eran dos personas para quienes la felicidad era un concepto intelectual, no un hecho. No era algo que hubiesen experimentado a menudo, pero lo experimentaban allí, entrenando juntos. En aquel baile que solo unas cuantas personas en el mundo podían hacer tan bien como ellos.

«Me gusta que te pierdas así», le había dicho por la noche, refiriéndose al sexo.

Y era cierto. Miranda se deshacía entre sus brazos con total libertad, sin temer las consecuencias. Sabía, con total certeza, que todo había cambiado entre ellos, que su relación con Ivan la había alterado profundamente. Nunca sería la misma y una parte de ella se alegraba.

Estaba enamorada de Ivan.

Y tendría que encontrar la forma de sobrevivir a la despedida porque la fecha de la primera gala benéfica de la fundación Korovin se acercaba y ese sería el final de su relación, como habían acordado.

No había ninguna razón para pensar que eso iba a cambiar. Y no debería, por mucho que ella estuviese enamorada.

Por mucho que deseara que así fuera.

Capítulo 11

TODO era perfecto.

Nikolai dio su primer discurso como vicepresidente de la fundación Korovin, dejando claro que era capaz de llevarla hacia el futuro. Su frialdad parecía pura concentración ejecutiva y eso atraía posibles donativos.

Ivan habló después de su pasado en Rusia, explicando por qué quería usar el dinero que había ganado en Hollywood para ayudar a los más necesitados. Para que los niños no tuvieran que elegir entre el respeto y la supervivencia. Para que pudiesen luchar porque quisieran, no porque no había otra salida. Para que no tuvieran que venderse a sí mismos o acudir a las drogas.

Para que pudiesen elegir.

Miranda, a su lado, brillaba como el trofeo que una vez él le había dicho que no era, más guapa que nunca. Llevaba el pelo sujeto en un complicado moño, sus ojos tan misteriosos como siempre. Unos zapatos plateados de tacón altísimo le daban un aspecto invencible y profundamente sexy.

Era la chica de Greenwich, Connecticut, a la que Ivan había creído una despreocupada heredera. Y lo sería si su padre no hubiera sido un monstruo.

El vestido, de una casa de alta costura parisina, había sido diseñado especialmente para ella, discreto pero fabuloso a la vez.

A Ivan le habían encantado los bocetos. De hecho, había pasado más tiempo del que debería imaginándola con ese vestido, pero la realidad era mejor que cualquier fantasía. Era una prenda elegante y engañosamente simple. Y le quedaba tan bien que todos los hombres se la comían con la mirada.

Algo que a Ivan no le hacía demasiada gracia.

Miranda sabía la verdad sobre él. Toda la verdad. El terror que había vivido de niño, el sentimiento de culpa del que no podía escapar por haber abandonado a su hermano.

Lo sabía todo y seguía mirándolo de esa forma suya, como si fuera algo milagroso: una buena persona.

Y, por eso, ya no le parecía una interpretación. Ya no le parecía un fingimiento sino algo real.

No sabía cómo iba a dejarla ir, no podía imaginarlo. Pero ¿cómo iban a seguir con aquella farsa? Miranda podría destruirlo si esperaba mucho más tiempo.

Ivan pensó entonces, mirándola, que era la única pelea que no iba a ganar.

Y no quería ganarla. Solo la quería a ella.

Pero no sabía cómo retenerla.

–Lo has hecho muy bien –dijo Miranda cuando volvió a su lado, después de hacerse las fotografías de rigor.

Estaba sonriendo y era una sonrisa real. La conocía bien, casi podía sentirla dentro de él como una lucecita encendida. Como una esperanza.

–Gracias.

–Has estado a punto de hacer llorar a toda la sala.

–Mientras sequen sus lágrimas con un talonario –bromeó Ivan– todo irá bien.

Miranda sonrió de nuevo cuando se llevó su mano a los labios para besarla.

–Seguro que sí. Especialmente si han hablado personalmente contigo.

Ivan asintió con la cabeza.

–Tenemos que hablar –dijo entonces, intentando leer lo que había en sus ojos verdes.

No quería compartirla con nadie, se dio cuenta en ese momento. Ni esa noche ni nunca. Quería ir a algún sitio donde estuvieran solos. Lo deseaba con tal fuerza que le sorprendió.

–¿Ahora mismo?

–Esta noche.

–Preocúpate de la gala...

–Esta noche, Miranda –repitió él, con firmeza.

–Muy bien, de acuerdo –susurró ella, soltando su mano.

Ivan no quería hacerlo, pero tenía un trabajo que hacer, de modo que se alejó, sonriendo como lo hacía en sus películas.

«Ya está», se dijo Miranda a sí misma mientras se arreglaba el carmín frente al espejo del baño.

Aquel era el final.

No tenía sentido fingir que podía ser de otra manera.

Ivan le había contado muchas cosas. Le había hablado de su infancia, de sus años como luchador, de las tonterías que había hecho al principio de su carrera en Hollywood, cuando no podía salir a la calle sin que lo siguieran los paparazzi.

Hablaba y hablaba como si quisiera contárselo todo. Pero no había dicho que quisiera seguir con ella. De hecho, no había mencionado el acuerdo en absoluto. Se limitaba a hacerle el amor con intensidad, con fiereza, dejándola agotada cada noche.

Y eso lo decía todo, pensó. Seguramente era de eso de lo que quería hablar esa noche, el simple mecanismo de cómo romper la relación para la prensa.

Sería elegante, decidió Miranda, apretando los labios frente al espejo. Fingiría que era una mujer sofisticada, como sin duda lo era él. Actuaría como imaginaba que actuarían las actrices de Hollywood, con gracia y madurez, ahorrándose las lágrimas para cuando estuviera en Nueva York. Sola.

Podía hacerlo.

Su móvil empezó a vibrar entonces y suspiró mientras lo sacaba del bolso. Era su agente literario, otra vez. La había llamado casi cada día y lo mejor sería responder. Lo mejor sería empezar a poner la pelota en juego.

–Se ha terminado –le dijo, a modo de saludo–. Imagino que es para eso para lo que llamas.

–Cuando dices que se ha terminado, ¿a qué te refieres exactamente?

–Me refiero a Ivan y a mí. Hemos terminado –respondió Miranda, jugando con la tela del vestido, tan suntuoso, tan sensual.

Como Ivan.

¿Cómo iba a olvidar todo eso?

–Vuelvo a casa mañana –Miranda cerró los ojos–. Y deberías saber que no habrá ningún libro.

–¿Qué ha pasado? ¿Has roto con él? Tal vez podríais volver...

–No, no lo haremos –lo interrumpió ella. Era importarte parecer firme, decidida. Y, si aprendía a fingir bien, tal vez se convertiría en realidad.

–Tal vez en unas semanas lo veas de otra manera. Recuerda que necesitas una idea para el libro y esta sería un best seller garantizado. ¿Cuántas veces en la vida ocurre algo así? Yo te lo diré: nunca.

–No habrá libro –repitió ella.

–Miranda, escúchame. Estamos hablando de tu carrera.

–¿Toda mi carrera depende de mi relación con Ivan Korovin? –le preguntó ella. Y tal vez su tono era más seco de lo estrictamente necesario, aunque no lo culpaba por la decisión que había tomado–. Entonces no es una carrera tan importante, ¿no? Tal vez sea hora de hacer algo nuevo.

–No creo que lo hayas pensado bien...

–Esto no es negociable, Bob –lo interrumpió Miranda–. No voy a escribir un libro sobre Ivan y tampoco pienso hablar de él en público. Esa parte de mi carrera ha terminado.

Y después de decir eso, cortó la comunicación.

Esperaba sentir pánico, lamentar su decisión. Tal vez incluso llamaría a Bob inmediatamente para decirle que iba a pensarlo.

Debería estar preocupada por una decisión tomada en el último momento, sin reflexionar. Pero, en lugar de eso, se sentía... bien.

Porque lo mínimo que podía hacer por Ivan era no ser uno de sus oponentes.

Estaba convencida, pero tuvo que parpadear varias veces para controlar las lágrimas.

«Eso es lo mínimo que puedes hacer por él».

Miranda irguió los hombros antes de abrir la puerta... y dio un respingo al ver al hombre que estaba al otro lado.

Alto, aterrador, con los ojos helados fijos en ella. Nikolai.

No podía fingir que el hermano de Ivan no la ponía nerviosa, pero intentó esbozar una sonrisa de todos modos.

«Elegante, sofisticada».

Aquello había empezado con una bochornosa escena en público, pero no tenía por qué terminar así. Ella no dejaría que terminara así.

–No te había visto –le dijo, como si hubiera podido verlo a través de la puerta.

Nikolai clavó en ella su mirada helada y Miranda se maravilló, no por primera vez, de que Ivan y él pudiesen ser hermanos. Ivan era todo fuego mientras Nikolai era un iceberg.

–Ven –le ordenó él, con ese tono suyo, tan brusco–. Ivan te espera.

Como la primera noche, en el hotel de Georgetown, pensó Miranda mientras lo seguía, perdiéndolo a ratos entre la gente.

Y no se le ocurrió hasta mucho más tarde que Nikolai debía de haber escuchado la conversación con su agente literario.

Ivan no sabía la hora que era cuando decidió que ya había hablado con todas las personas con las que debía hablar y podía estar a solas con Miranda de nuevo.

La había visto antes, en el jardín, al lado de la piscina, brillando más que las linternas que colgaban sobre el agua, más que las estrellas. Le había dolido no poder acercarse a ella entonces para tocarla, para besarla.

Y, por supuesto, ya no estaba por ninguna parte.

Ivan salió al patio y respiró profundamente mientras miraba la luna colgando sobre el mar...

–¿Has cambiado de planes? –le preguntó Nikolai, a su lado–. Porque si no es así, ya no queda tiempo.

Ivan se puso tenso de inmediato. No debería querer darle un puñetazo a su hermano. ¿Qué decía eso de él? ¿Que elegía a una mujer por encima de su único pariente vivo?

Pero así era y se odiaba a sí mismo por ello.

–Tal vez te hayas vuelto tan inmune al placer que ya no puedes disfrutar de nada–replicó–. La fiesta está en todo su apogeo, aún tienes tiempo.

–¿Por qué no has aprovechado la oportunidad? –le preguntó Nikolai–. Tenías un micrófono en la mano.

–Ah, sí, claro, una idea excelente. Si nuestro objetivo fuera que la gente se olvidase de la fundación para concentrarse en un simple cotilleo.

–Vanya... –Nikolai dejó escapar un suspiro–. No tienes valor para hacerlo.

–Yo no he dicho eso.

–Tus actos lo dicen todo, pero esto no debería ser tan difícil. Solo tenías que seducir a la doctora Sweet y luego romper con ella públicamente, si es posible esta misma noche, para que nadie volviera a tomarla en serio nunca más.

–Conozco bien el maldito plan, no tienes que explicármelo.

–Estabas deseando que fuese al hotel para vengarte de ella –le recordó su hermano. Prometiste que pagaría por lo que te había hecho.

–Lo sé.

–Y todo está saliendo como tú querías. ¿Por qué no haces lo que prometiste?

Por fin, Ivan se dio cuenta de algo que debería haber notado desde el principio y una campanita de alarma empezó a sonar en su cerebro.

Una campanita ensordecedora.

–Nikolai... –empezó a decir, mirándolo a los ojos–. ¿Por qué no hablas en ruso?

Pero, mientras lo preguntaba, sabía la respuesta porque había visto un brillo de triunfo en los ojos de su hermano.

Y lo supo antes de darse la vuelta.

Miranda estaba allí, lívida. Con la boca ligeramente abierta mientras lo miraba como si la hubiera abofeteado.

–Miranda...

Ella se llevó una mano al corazón.

–No debería sorprenderme. De hecho, no me sorprende. Tiene sentido que hicieras algo así. Eso es lo que haces ¿no? Aniquilar a tus ponentes. Y tú nunca pierdes.

–Miranda... –empezó a decir Ivan–. Por favor.

–Y supongo que tenías derecho a hacerlo –siguió ella, haciendo un esfuerzo para respirar–. Me había equivocado sobre ti y lo lamento, pero ya no puedo retirar las cosas que he dicho. Así que tienes que humillarme en público... muy bien, si eso es lo que necesitas, hazlo.

–No tengo que hacerlo –dijo él–. No es lo que quiero hacer.

–Es tu plan, ¿no?

Ivan quería tomarla entre sus brazos, quería ser el hombre que la salvara, no el que la hundiese. Quería protegerla con todo su corazón.

Quería ser el hombre que imaginaba que era cuando Miranda le sonreía, la clase de hombre que nunca la haría sentir como debía sentirse en aquel momento. El hombre que siempre había creído que era, no el que ella estaba viendo.

Sentía deseos de matar a su hermano por lo que había hecho, por llenar sus ojos de lágrimas. Y se odiaba a sí mismo por haber dejado que pasara.

–No –respondió, con voz ronca–. Ya no hay ningún plan.

Oyó que su hermano murmuraba una palabrota en ruso, pero no dejó de mirar a Miranda, su preciosa Miranda.

–Nikolai tiene razón. Has conseguido tu venganza... enhorabuena.

–Esto no ha terminado...

–Sí ha terminado –lo interrumpió ella–. Ese era el acuerdo, ¿no? Esta iba a ser nuestra última noche –Miranda iba a darse la vuelta, pero se detuvo–. No me sigas, Ivan. No serviría de nada.

Y luego se alejó, con la cabeza bien alta, como si él no hubiera visto un mundo de tristeza en sus ojos.

Como si estuviera intentando sobrevivir intacta cuando él nunca podría ser el mismo.

Ivan intentó llevar oxígeno a sus pulmones mientras fulminaba a su hermano con la mirada.

Nikolai había girado la cara, pero Ivan sabía lo que se escondía en sus ojos, lo que lo rompía por dentro. Y esa noche no le importaba tanto como debería.

–No olvides, Vanya, que estoy entrenado para hacer las cosas que nadie más quiere hacer. Y que siempre cumplo mis promesas.

Eso debería haberle tocado el corazón y dos semanas antes lo hubiera hecho sentir culpable, pero esa noche solo sentía pena por los dos.

«No fue culpa tuya», le había dicho ella. Y eso lo había cambiado todo. Tal vez no había entendido cuánto hasta ese momento.

–Si crees que tienes que pelearte conmigo, no me importa –siguió Nikolai–. Si eso te ayuda a recordar quién eres, hazlo.

–Kolya –empezó a decir Ivan, usando el apelativo que solía usar de pequeño–. Tú eres mi hermano, mi única familia, mi sangre. Ojala hubiera podido protegerte, pero tienes que solucionar tu vida antes de que desaparezcas por completo. Y antes de que destruyas el cariño que siento por ti.

Sostuvo la mirada de Nikolai y no la apartó cuando su hermano se ruborizó ligeramente.

Y entonces entendió. Por primera vez en años, Nikolai parecía inseguro. Incluso perdido. Pero era demasiado tarde.

–Y no quiero volver a verte hasta que lo hagas.

Capítulo 12

«ELEGANTE y sofisticada», se recordó Miranda a sí misma mientras se quitaba el maquillaje frente al espejo en la suite de Ivan.

Elegante y sofisticada significaba que no habría lágrimas. Ni lágrimas, ni sollozos. Pero, si una lágrima o dos rodaban por sus mejillas mientras se lavaba la cara... bueno, nadie tenía por qué saberlo.

Estaba peinándose cuando Ivan apareció a su espalda. No lo vio venir, no estaba allí la última vez que parpadeó, pero, de repente, estaba apoyado en el quicio de la puerta, sus ojos negros dolidos y furiosos. Y el corazón de Miranda empezó a latir con fuerza.

Quería marcharse de allí después de despedirse de manera cordial. Ya había hecho la maleta y casi parecía ella misma otra vez, con sus vaqueros y la vieja camiseta de la universidad con la que dormía cuando estaba sola.

Pero no podía apartar los ojos de Ivan.

Y, peor aún, no podía moverse.

El silencio se alargó, demasiado doloroso, y deseó no amarlo con tal desesperación. Deseó que no notase el dolor en sus ojos, deseó no querer darse la vuelta para abrazarlo, para consolarlo.

–Lo he dicho en serio –murmuró cuando no pudo soportar el silencio un segundo más. Tenía demasiado miedo de lo que podría hacer si seguía allí–. Me equivoqué. Si quieres que lo diga en público, lo haré.

–No, no quiero.

–No me importa, de verdad. Si eso es lo que tú o tu hermano necesitáis...

Ivan se apartó de la puerta para acercarse a ella y Miranda sintió que le ardía la cara. Pero no la tocó. Se quedó inmóvil, tan grande, tan peligroso.

Tan solo.

Estaba tan acostumbrada a tocarlo, a apoyarse en ese poderoso torso suyo, que le dolía tener que agarrarse al borde del lavabo para no hacerlo.

–¿Cuándo te has vuelto tan pasiva? –le preguntó él–. Me parece aterrador.

–No estoy siendo pasiva –respondió ella–. Estoy siendo amable y comprensiva. Dijiste que no querías una escena. ¿Has cambiado de opinión?

–No –respondió él.

Ivan la tomó entonces por la cintura para aplastarla contra su pecho.

Ardiente, perfecto, Ivan.

Y se le rompía el corazón.

Miranda se apartó y, cuando él la dejó ir, sus ojos se empañaron.

–¿Esta es tu venganza? –le espetó, cuando las lágrimas empezaron a rodar por su rostro–. ¿Quieres verme llorar delante de ti?

–No...

–Déjame, Ivan. Deja que cumpla mi promesa y me vaya.

–¿Y si no quisiera que te fueras? –le preguntó él, con voz ronca.

Miranda se dio cuenta de que aquella era su oportunidad para ser fuerte. Al fin. La oportunidad de protegerse a sí misma como no había sabido hacerlo cuando era más joven.

Quería creerlo más de lo que había querido creer nada en toda su vida. Amaba a Ivan y sabía que sería demasiado fácil creer eso. Aceptar el tiempo que él le concediese, posponiendo el final para otro momento.

Pero ella sabía que habría un final, de modo que negó con la cabeza e intentó, por una vez, ser tan fuerte como debía.

–Puedes acostarte con muchas mujeres –le dijo–. Seguro que ya lo has hecho, no me necesitas a mí.

Él rio, aunque no era un sonido alegre, y Miranda aprovechó la oportunidad para dirigirse al vestidor a buscar su maleta. Tenía que salir de allí lo antes posible.

–Tú me necesitas –dijo Ivan entonces.

Ella se volvió para mirarlo con expresión incrédula.

No podía haber oído bien.

–¿Qué?

–Y más que eso –siguió él–. Estás enamorada de mí.

El mundo pareció colapsarse de repente, hundirse bajo sus pies. Miranda incluso miró hacia abajo para comprobar si era verdad.

Pero seguía en el mismo sitio que antes, descalza sobre el suelo de madera, sus rostro empapado por las lágrimas.

Quería negarlo, quería ponerse a gritar. De hecho,

le gustaría que el suelo se abriera bajo sus pies. Así se ahorraría el problema de resolver aquello.

Había sabido que Ivan le rompería el corazón, pero no había esperado que se lo arrancase del pecho cuando aún estaba latiendo.

Debería haber recordado que se trataba de Ivan Korovin, el hombre que era capaz de todo. Tal vez por eso lo amaba.

–Me lo dijiste en sueños –siguió él, mirándola a los ojos–. Y lo gritaste ayer mientras te deshacías entre mis brazos.

El corazón de Miranda parecía a punto de estallar y tuvo que respirar profundamente para llevar oxígeno a sus pulmones. Pero luego dejó de luchar. ¿Para qué? Ya había perdido todo lo que le importaba de verdad.

La carrera que pensaba daba sentido a su vida no era más que un castillo de naipes e Ivan, el hombre del que se había enamorado, solo quería vengarse de ella.

No quedaba mucho por lo que luchar.

–Sí, bueno... –Miranda rio, sabiendo que sonaba un poco histérica, pero sin poder evitarlo–. Nunca he sido particularmente sensata en lo que a ti se refiere.

–No quiero que te vayas –dijo él.

–Porque no sabes perder –consiguió decir Miranda–. Pero eso es lo que va a ocurrir, te guste o no. Eso es lo que acordamos.

Ivan perdió la paciencia entonces.

–No se trata del acuerdo –le dijo–. ¡Me da igual ganar o no!

Ella negó con la cabeza, a pesar de la emoción que escondía dentro.

–Ivan...

–No puedes decirme que me quieres para luego marcharte –le espetó él, sabiendo que estaba levantando la voz, pero sin poder evitarlo–. No puedes llorar entre mis brazos y contarme cosas que no le has contado a ningún otro ser humano y luego volver a Nueva York como si no hubiera pasado nada.

–¿Por qué no? –preguntó Miranda, con los ojos brillantes, la voz ronca–. Eso es lo que tú quieres.

–Ya deberías saber que no es eso lo que quiero, que nunca lo he querido –dijo él–. Siempre he hecho lo que debía. He ganado cuando me tocaba, he entrenado sin descanso... pero lo que yo quiero de verdad nunca ha sido parte del trato.

–Ivan... –empezó a decir ella, con la voz rota.

–Me has perseguido durante años. Me has retado y me has provocado... y eso fue antes de conocerte. No esperaba que me gustases, no esperaba desearte como te deseo –ya no estaba gritando, pero sentía como si así fuera. Sin control, tan desesperado como cuando era un niño–. Dime cómo voy a dejarte ir, doctora Sweet. Dime cómo voy a fingir que nada de esto ha pasado. ¿Cómo voy a fingir que no sé que tampoco tú quieres dejarme?

–Querías humillarme en público –le recordó ella–. Y no solo eso. Querías seducirme, hacer que me enamorase de ti porque así me dolería más.

–Y tú estás escribiendo un libro con el que pretendes arruinar mi carrera –replicó él–. Todo insinuaciones, fantasías y mentiras. Otro libro.

–Ya te he dicho que no voy a hacerlo. Se lo he dejado bien claro a mi agente.

–Estás enamorada de mí –repitió Ivan–. No quieres dejarme. Sé que no quieres irte.

Miranda apretó los labios, con los ojos empañados, y eso le rompió el corazón.

Ivan levantó una mano para tocar su cara, como si así pudiera contener sus lágrimas, pero, cuando un sollozo escapó de la garganta de Miranda, se sintió pequeño y mezquino.

–¿Qué pasaría si me quedase, Ivan? –le preguntó, casi sin voz–. Si me duele tanto ahora, ¿qué pasará dentro de unas semanas, unos meses? No puedo hacerlo, no puedo someterme a esa tortura y...

–Entonces, me quieres.

Lo había dicho en sueños. Lo había gritado en medio de un encuentro apasionado. Ivan frunció el ceño, como si creyera que podía doblegar su voluntad. Como si pudiera hacer que se quedase.

Miranda dejó escapar un gemido que era a medias un sollozo y un suspiro, bajando los hombros y echando la cabeza hacia delante, como si le pesara.

–Te quiero, sí.

Luego levantó una mano para tocar su cara, en una caricia que lo curaba del pasado, del dolor, aunque sus ojos estaban llenos de lágrimas.

Y fue entonces cuando los pilares sobre los que Ivan había construido su vida se convirtieron en polvo, liberándolo.

La apretó contra su torso, mirándola a los ojos como si fuera el hombre que ella quería que fuese, como si ella lo viera cuando nadie más lo veía.

–Soy un hombre duro –le dijo–. Me he hecho a mí mismo con los puños y eso es lo único que sé. No ha habido torres de marfil para mí, ninguna vía de escape. He tenido que luchar para conseguir todo lo que tengo y para compensar por todo lo que me habían quitado.

–Yo lucharé por ti –susurró Miranda.

Él se perdió en su dulce boca, en la perfección de sus brazos, en su cuerpo, en el hecho de que ella lo conociera mejor que nadie en el mundo y lo amase de todos modos.

Cuando se apartó para respirar, habían encontrado el camino hasta la cama y Miranda lo abrazó como si no quisiera soltarlo nunca.

–Quiero más que dos semanas –dijo él, acariciando su pelo–. Te quiero para siempre.

–Yo también.

–Vive conmigo, Miranda. Cásate conmigo... me da igual, lo quiero todo.

Ella esbozó esa preciosa sonrisa que lo había cambiado de arriba abajo. Esa sonrisa tan cálida que iluminaba su vida por primera vez en muchos años.

–Te quiero –le dijo.

Y la frase sonaba extraña a sus propios oídos. Era lógico porque nunca la había pronunciado antes, en ningún idioma.

Su vida, su amor, su corazón, todo lo que quería ser estaba en esas dos palabras, en la mujer que lo miraba, su rostro limpio de maquillaje, el cabello rojo despeinado.

–Lo sé –musitó Miranda antes de besarlo.

Un beso que los unía para siempre, como un lazo inquebrantable.

Dieciocho meses después, Miranda estaba en su antiguo apartamento de Nueva York, arrugando la nariz mientras miraba las paredes blancas, las habitaciones vacías.

Estaba en el que había sido su dormitorio cuando era una persona totalmente distinta, cuando apenas se conocía a sí misma, cuando tenía que luchar contra las pesadillas que plagaban sus noches, sola, sin Ivan.

Miró entonces el elegante solitario de diamantes que Ivan había puesto en su dedo una semana antes, cuando por fin aceptó casarse con él después de un largo cortejo.

Sobre todo en la cama, su estrategia de negociación favorita.

Miranda sonrió. Era hora de confiar en él. Era hora de olvidar sus miedos. Hora de mudarse al ático frente a Central Park que Ivan había comprado para estar cerca de ella.

Había llegado la hora.

No oyó ningún ruido tras ella, nada en absoluto, pero sabía que él estaba allí. Siempre lo sabía.

Se dio la vuelta, despacio, y dejó que el impacto de su presencia acelerase su corazón, como siempre. Era grande, oscuro, con un abrigo negro sobre unos vaqueros. Tenía el aspecto de lo que era: una estrella de cine. Un hombre fabuloso, letal.

Y suyo.

–¿Te lo has pensado mejor y quieres volver aquí? –le preguntó, con ese tono arrogante que tanta gracia le hacía porque sabía lo que escondía, lo que intentaba disimular.

–No.

Él sonrió, esa sonrisa auténtica que siempre la hacía sentir un poco mareada, mientras señalaba el libro que tenía en la mano.

–¿Un recuerdo?

–Lo he encontrado en el fondo de un armario –respondió ella, pasando las páginas. Era un ejemplar de *Adoración al neandertal*, el libro por el que había empezado su relación. Un libro lleno de errores y mentiras que la habían llevado a la única verdad importante.

–Tal vez deberías dejarlo aquí.

–No sé. Es un buen libro –bromeó Miranda.

–Si vuelves a decir eso tendré que hacerte pagar por ello.

–Promesas, promesas –dijo ella, riendo cuando Ivan la tomó entre sus brazos.

–¿Cuánto tiempo vamos a quedarnos aquí? –le preguntó en voz baja–. No me gustan estos fantasmas.

Miranda miró el libro y sintió algo dentro de ella... las cosas que habían pasado en los últimos meses, lo que habían logrado construir entre los dos. Su último libro trataba sobre la moda como conversación cultural y nadie quería hablar de ello en los programas de televisión, pero había descubierto que era un alivio. En lugar de usar la televisión para criticar la violencia, trabajaba en la fundación de Ivan creando programas para niños sin hogar o víctimas de abusos familiares.

Y, por fin, se sentía a salvo. Mucho mejor que un cuento de hadas, pensó.

–Vamos. Aquí ya no tenemos nada que hacer –murmuró, a punto de tirar el libro sobre el sofá.

Pero Ivan se lo quitó de la mano.

–No, espera –le dijo, con una sonrisa alegre, más alegre que nunca. Le decía a menudo que con ella era el hombre que siempre había querido ser y eso la hacía sentir en el séptimo cielo, como si juntos pudieran ir a cualquier parte–. Es mi libro favorito.